Ron Currie Jr.

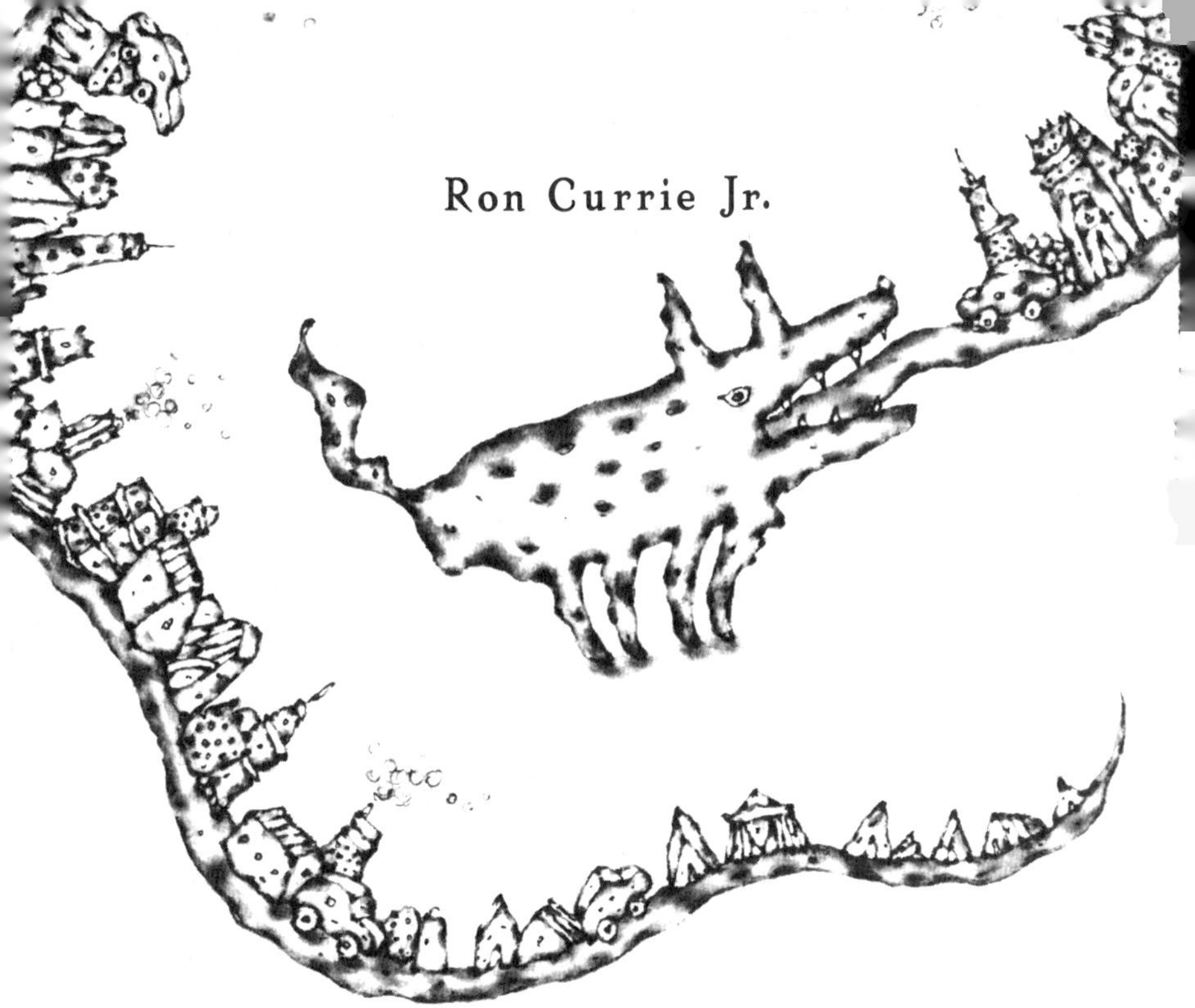

神は死んだ

ロン・カリー・ジュニア　藤井 光［訳］

白水社
EXLIBRIS

GOD IS DEAD by Ron Currie, Jr.

This edition published by arrangement with Viking, a member of Penguin Group (USA) Inc.
through Tuttle-Mori Agency, Inc., Tokyo.

目次

父のロン・カリー・シニアに

神は死んだ

奴隷たち、キリストに従うように、恐れおののき、真心をこめて、肉による主人に従いなさい。

——エフェソの信徒への手紙　第6章5節

若きディンカ族の女に姿を変え、神はスーダンの北ダルフール地方にある夕暮れ時の難民キャンプにやってきた。薄い緑色の綿のワンピースに身を包み、すり減った革のサンダルをはき、輪のイヤリングと、首周りには白と黒の長いビーズの飾りを着けていた。肩にかけた布の袋には、服の替えと、モロコシが一袋、プラスチックのコップが入っていた。神は右のふくらはぎに傷を顕現させていた。深くぎざぎざになった切り傷は化膿し、身をよじるウジ虫の群れに食われていた。その傷の目的は二つあった。まず第一に、傷があることにより、ジャンジャウィードの襲撃者集団がふるった山刀で多くが傷を負った、難民キャンプの住民たちに紛れ込むことができた。第二に、燃えるような激しい痛みは、多神教の無慈悲な官僚制度のせいで神がまったく手を差し伸べてやれない、多くの難民たちの運命に対する罪悪感を和らげてくれた。

まったく手を差し伸べてやれない、というのは言いすぎだろう。神の手にはモロコシの袋があり、かつ、その袋は無限だったため、甘き穀物を皆にいつまでも差し出すことができた。何週間も神はそうしていた。ロル川をたどって灼熱の平原を旅し、モロコシを差し出しながら、トマス・マウィエンという少年を知らないかと訊ねて回った。知らない、とほとんどの者は言った。なかには、食べ物にお返しをしなければという感謝の気持ちから嘘をつき、つい昨日その少年を見かけたと言い張る者もいた。戦闘を逃れて北に向かったんだよ。いえ、南東よ。その言葉にいちいち従って進んでいくと、道しるべとなる川もなく、神は完全に迷子になってしまった。大きな円を描くようにさまよい歩き、何日も経ってから同じ岩や木立に出くわした。自らはモロコシを食べようとはせず、神は葉やアブクの根を食べた。人間とハイエナが漁ったあとのダチョウの死骸を口にしたことすらあった。

神は自らが創り出した太陽の下で苦しんだ。熱とコレラに冒され、ひょろ長い黄色の草が広がる大地に倒れ込んだ。ワンピースはみだらなほどめくれ上がったが、脱水状態で麻痺してしまった神は体を隠すこともかなわず、やってきた二匹の野犬が飢えた足取りで周囲をぐるぐると歩き回っても、体を動かして追い払うことはできなかった。

救済は、ジャンジャウィードという形で現れた。彼らが近づいてくる音を耳にした犬たちは逃げ出したが、神はまだ麻痺したまま、草むらで横になり、聞き耳を立てることしかできなかった――馬とランドローバーの集団が、恐るべき巨大な機械のように轟きながら接近し、前方にいるすべての生物を追い払い、大地を揺るがしながら進んでくる。神はジャンジャウィードによって犬から救われ、麻痺状態によってジャンジャウィードから救われた。もし立ち上がって逃げることができたならば、神はいとも簡単に捕らえられていただろうし、彼らの目に映るものは、この宇宙の創造主ではなく、長くほっそりとした首とアーモンド形の目をしたディンカ族の細身の女性なのだから、神は何度も何度も強姦され、ついにはトラウマで死んでしまっただろう。

だが、神の姿は隠れたままで、ジャンジャウィードはその近くを次々にかすめていった。鳥は飛び立ち、ネズミは大慌てで巣穴に潜り込んだ。蚊や、蟬すらも逃げた。ディーゼルエンジンや駆ける馬のひづめの音を引き裂き、セミオートの自動小銃の破裂音が響き渡った。ひび割れ、蹄鉄をぞんざいにつけられたひづめが、神の頭からほんの数センチしか離れていない地面を蹴った。それでも神は動けず、音一つ立てなかった。

嵐のようにやってきたと思いきや、ジャンジャウィードの姿はもはやなかった。世界は完全に静まり返っており、神ですらそれが現実であるとはしばらく信じることができなかった。神は休んだ。

日を開くと、空は明るくなっていた。手こずりつつ、ゆっくりとはいえ、また体を動かせるようになっていた。神は立ち上がり、ジャンジャウィードの通った道をたどっていった。踏み倒された草、焼き払われた小屋、あらゆるものの死体の列が、まっすぐ北に延びていた。再びロル川の土手にたどり着くと、神は浅い川に飛び込み、泥と糞尿の味も気にせず、ごくごくと水を飲んだ。

その日の午後早く、神は轍のついた道沿いにある難民キャンプに入り、見えるかぎりで唯一の人間、タマリンドの木の下で土埃にまみれて座る老夫婦に歩み寄った。二人の背後には、草葺きの屋根とぼろぼろのビニールシートで作られたみすぼらしい小屋が身を寄せ合い、無人のキャンプが広がっていた。

「クドゥアル」神は老夫婦に挨拶の言葉をかけた。「お腹は空いていませんか？　空腹なご様子ですよ」

男は背を丸め、曲がった二本の棒のような剝き出しの脚を体の下で畳み、座ったまま眠りこけていた。女はゆっくりと目を上げて頷いた。神は無限のモロコシを彼女に差し出した。彼女は干し肉のように黒くしなびた手を袋の中に入れた。モロコシを少しばかり取り出して両手で胸に押し当て、控えめに頷き、感謝の言葉を呟いた。

「もっと取って」と神は言った。「どうぞ。いっぱいありますから」

躊躇うことなく、老婆は取った。彼女はモロコシを横の地面に置き、神の片手をつかんで口づけした（これらの人々を助けようにも力が及ばず、情けない気持ちで気分が悪くなってしまった神は辞退した）、骨張った肘で遠慮なく夫を小突いて起こした。

「お湯を沸かすから、薪と水を持っといで」と彼女は言った。「食べ物があるんだよ」

どれほど良き知らせであろうとも決して浮かれないことを学んできた人間特有の慎重さで、男は体を伸ばして立ち上がった。神が見つめていると、彼は無人のキャンプに入っていった。

「あの人は昔は五百頭の牛を持ってたのにね」と女は言った。「それが今じゃあの有様よ」

「おばあさん、訊いてもいいですか」と神は言った。「トマス・マウィエンという少年を知っていますか？　十五歳だけど、とても背が高い子なんです。何年も前に、ジャンジャウィードに連れ去られて奴隷にされてしまいました。でも脱走したんです」

「知らないわね」と女は答えた。「でも知らないからここにいないってわけじゃなし」

「ここには誰もいないようですね」と神は言った。「ジャンジャウィードの攻撃があったのですか？」

女は笑い、歯のない赤い歯茎を見せた。「いんや。今日は来ないわ。今は大男がここにいるから、わたしたちは安全さね」

「誰のことです？」

「アジャク、大男よ。太っちょで、マンゴーみたいに白いよ。わたしたちに会いに来たのよ。アメリカからね。どこだっていいけどさ。歩き回って、ニコニコして、握手してるのよ」

アメリカから。そのとき、神はこの「アジャク」とは誰のことなのか、そして、トマスを見つけ出すためにその男をどう使えばいいのかを知った。

老婆は話を続けた。「彼は明日国に帰るのよ」——片手で、空に飛び上がる飛行機の動きを真似た——「そしたら、ジャンジャウィードが戻ってくるさね」

「その人はどこにいるのですか？」と神は訊ねた。

「キャンプの西側よ。だから誰もいないのよ。みんな彼の周りにくっついて回って、馬鹿みたいに歌って踊ってるよ」


コリン・パウエルは怒れる太陽を逃れ、エアコンが入ったシボレー・サバーバンの中にいた。頭をうなだれ、彼は物静かに衛星電話に話しかけていた。向かいにある革張りのベンチ席には国務省の高官が座り、パウエルのラルフ・ローレンの麻ジャケットを膝に載せていた。車の外では、お付きのシークレットサービスの隊員たちがシボレーの周りをがっちりと固めていた。一人残らず、黒いブーツにカーキのズボンとベストに身を固め、ミラー式のサングラスをかけ、太腿のホルスターにはシグ・ザウアー・Ｐ２２９ピストルを装着していた。そしてどの隊員も、ヘックラー＆コッホのＭＰ５サブマシンガンを誇示していた。踊っては甲高い歓声を上げるディンカ族難民たちの群衆を眺め回し、情報（ときおりの一発ギャグ）を小さなイヤホン越しに交わし、三十五度の暑さのなかでも汗一つかくことなく、ロボットのような統制を保っていた。

悪態をつきながら、パウエルは通話を切った。「なあ、教えてくれ」と彼は高官に言った。「なんだって私はいつも、ホワイトハウスの底辺にいる副補佐官のさらに補佐官なんぞに伝言リレーをするはめになるんだ？　なんだって、もう四年になるというのに、あの田舎者の白人と話をしたことが三回しかないんだ？　しかもそのうち二回は、なんとクリスマスパーティーのときだったぞ」

「わかりませんが」と高官は言った。「去年の二月に長官が『ポスト』紙で犯した失態のせいでは？　それはともかくとしまして、今夜の記者会見のためにキーワードを復習しておく必要が……」

「理由を教えてやる」とパウエルは言った。「私が黒人だからだ」

「まあ、そうかもしれません」高官は自信なさげに言った。

「そもそもこのポストをもらったのも、私が黒人だからだ」パウエルは話を続けた。「どうしようもないよな？　黒人だからポストをもらって、黒人だからボスが口をきいてくれないんだぞ」

「率直に申し上げてよろしければ」と高官は言った。「私ならあなたを『黒人』とは言いませんね」

パウエルは目を見開き、まじまじと見つめた。何百時間も、サミュエル・L・ジャクソンの映画を繰り返し繰り返し観て磨き上げた技だった。「違うのか？」

言ってみれば糞の塊に足を突っ込んだことに気づいた高官は、引き返そうと試みた。「その、当然ながら、つまり民族的に言いますと、長官は黒人です。もちろん。私が念頭に置いていたのは、長官の見た目のことでして、優しそうで怖くないといいますか、灰色っぽい色合いが……」

「私は漆黒の闇なみに黒いだろうが、このど阿呆！」パウエルは片手をさっと動かし、シボレーを取り囲むディンカ族の群衆を指した。「ここの人々は、私の兄弟であり姉妹だ。私の家族なんだ」

「もちろんその通りです」と高官は言った。「失礼しました」

「まあいいだろう、腰抜けめ」

「それで、今夜のキーワードのことなんですが。よろしければ」

「バシッとやってくれ」

「了解です。我々が話すことになるのは、スーダン政府と、彼らに対する我々の態度についてです。ここでの人道的な状況に関する我々の態度を示すキーワードには以下のものがありますが、追加して構いません。『安定した』『要求する』『強く』『ジャンジャウィードを抑制する』『正当な対応』最後に『事態の解決』です」

「了解」

「スーダン政府に関するキーワードは以下の通りですが、追加して構いません。『否認』『回避』『責任』『軍事主義』『人種差別』、そして最後にとっておきのやつですが、『フトウメイカする』です」

「そりゃ何のことだ？」

「曖昧にするとか、混乱させるとかです。『否認』や『回避』とセットにしてください。間違いなく、これは大受けですよ」

「じゃあ使うか」とパウエルは言った。「いいとも。ステージに上がって、ちょいとタップダンスでも披露してやるよ。あの田舎者がここでの事態に心を痛めているように見せてやるさ」

突然、外で動きがあった。パウエルが目を上げると、二人のシークレットサービス隊員が、見たこともないほど美しい黒人女性を拘束していた。隊員たちは彼女がシボレーに近づかないように押さえ込んでいた。一人が緑のワンピースの布地をつかみ、もう一人は首をきつく締め上げて、教本通りの停止命令を発していた。マジックミラーになった防弾爆風耐性ガラスのウィンドウ越しに、彼女はパウエルに呼びかけていた。三人目の隊員がピストルを抜いて彼女の頭に向け、その騒ぎに加わった。

パウエルがシボレーのドアをさっと開けると、乾いた熱気がハンマーのように打ちつけてきた。

「おい何をしてるんだ？　彼女を放してやれ！」と彼は怒鳴った。

彼女を羽交い締めにしていた隊員は力を緩めた。「国務長官、この女が車に駆け寄りました」

荒々しい身振りで、パウエルはその隊員を呼びつけた。「ここに百台くらいのカメラがあることを忘れでもしたのか」彼は食いしばった歯の間から囁いた。「それに、この女性が怪我をしていることにも気づかなかったのか。さらに言えば、彼女が完璧で訛りのない英語を話すことにも気づかなかったのか。ここでそんなことがあるなんて少し妙だとは思わんのか、この馬鹿白人？」

「はい、国務長官、おっしゃる通りかと」

「じゃあ彼女を放して、話をさせてやれ」

隊員が振り返って仲間に合図すると、二人は脇に下がった。女は地面に落ちていた布袋を持ち上げ、服をしっかりと伸ばしてから車に歩み寄った。

パウエルは微笑んだ。「どんなご用かな？」

「国務長官」彼女の大きな目には涙が溢れていた。「助けてください」

郵 便 は が き

おそれいりますが切手をおはりください。

101-0052

東京都千代田区神田小川町3-24

白 水 社 行

購読申込書

■ご注文の書籍はご指定の書店にお届けします．なお，直送をご希望の場合は冊数に関係なく送料300円をご負担願います．

書 名	本体価格	部 数

★価格は税抜きです

(ふりがな)

お 名 前 (Tel.)

ご 住 所 (〒)

ご指定書店名（必ずご記入ください） Tel.	取 次	（この欄は小社で記入いたします）

『エクス・リブリス 神は死んだ』について	(9027)

■その他小社出版物についてのご意見・ご感想もお書きください。

■あなたのコメントを広告やホームページ等で紹介してもよろしいですか？

1. はい（お名前は掲載しません。紹介させていただいた方には粗品を進呈します） 2. いいえ

ご住所	〒　　電話（　　）		
（ふりがな） お名前	（　　歳） 1. 男　2. 女		
ご職業または学校名		お求めの書店名	

■この本を何でお知りになりましたか？

1. 新聞広告（朝日・毎日・読売・日経・他〈　　〉）
2. 雑誌広告（雑誌名　　）
3. 書評（新聞または雑誌名　　） 4. 《白水社の本棚》を見て
5. 店頭で見て 6. 白水社のホームページを見て 7. その他（　　）

■お買い求めの動機は？

1. 著者・翻訳者に関心があるので 2. タイトルに引かれて 3. 帯の文章を読んで
4. 広告を見て 5. 装丁が良かったので 6. その他（　　）

■出版案内ご入用の方はご希望のものに印をおつけください。

1. 白水社ブックカタログ 2. 新書カタログ 3. 辞典・語学書カタログ
4. パブリッシャーズ・レビュー《白水社の本棚》（新刊案内／1・4・7・10月刊）

※ご記入いただいた個人情報は、ご希望のあった目録などの送付、また今後の本作りの参考にさせていただく以外の目的で使用することはありません。なお書店を指定して書籍を注文された場合は、お名前・ご住所・お電話番号をご指定書店に連絡させていただきます。

「我々は軍事主義の終わりを願っています」とパウエルは言った。「ジャンジャウィードが抑制されて解体され、人々が安全のうちにキャンプを出て故郷に戻れる日を待ち望んでいます」

記者会見のために建てられたカンバス地のテントの下で、カメラ陣を前に、神はパウエルのすぐ右に座っていた。パウエルの左では、スーダン外相のムスタファ・オスマン・イスマイルが、顔に笑みを浮かべようと虚しい努力を続けていた。国務省の高官はカメラにぎりぎり映らないところに立ち、パウエルの一言一言をしっかりとチェックしていた。

「この暴力に対処するよう、イスマイル外相に強く要請しました」パウエルは集まった報道陣に言った。「事態の解決は、スーダン政府の正当な対応にかかっています」

彼はイスマイルのほうを向いた。パウエルの頭が槍の先に刺さっている光景を思い浮かべ、外相はどうにか善意と協調の笑みを浮かべることができた。

「そのために、信頼の証として、イスマイル外相はトマス・マウィエンの捜索に協力することを約束してくれました。トマスは十年前にジャンジャウィードに拉致されて奴隷の身になっていましたが、今私の隣に座っている彼の姉、ソラが、弟を見つけ出してほしいと私たちに頼んできたのです。彼女とトマスが再会するまではダルフールから去ることはない、と私はソラに約束しています。つまり、予想していたよりも少し長くここに留まることになるでしょう」

パウエルの発言が本来の趣旨から次第に脱線していったため、高官の左まぶたはその前から引きつり始めていたが、今や彼は、駆け込んでいってテーブルの上にずらりと並んだマイクを払い落としたい衝動を抑え込もうと、ちょっとした痙攣のような踊りを披露していた。

「今、この時点にも、スーダン人民解放軍の数部隊がこの地域でトマスの行方を追っています。彼が無事に姉の元に戻ったとき、そのとき初めて、スーダン政府はただ否認と回避の作戦を続けているわけではない、と私たちは確信できます。そのとき初めて、スーダン政府が事態をフトウメイカしている結果から逃れようとしているわけではない、と確信できるのです」

「以上です」とパウエルは言い、椅子から立ち上がった。それとともに報道陣も立ち上がり、目を留めてもらおうと必死な一つの生物のように手を振り、騒々しく声を張り上げた。高官がすぐさま割って入り、「質問はなし！　以上だ！」と叫んだ。パウエルは神の体に片腕を回し、数秒間ポーズを取ってカメラのフラッシュに応え、振り返ってイスマイルに手を差し出した。一瞬、イスマイルは立ち尽くし、リスの死体か湯気を立てる犬の糞でも見るような目つきでその手を眺めたが、サミュエル・L・ジャクソンばりにパウエルにがっちりと睨まれ、弱々しく悪意のこもった握手をした。側近に脇を固められ、パウエルは踵を返して大股でテントから出ていった。

シークレットサービス隊員たちが報道陣を砂漠の夜に追い出し始めると、高官はパウエルに向き直った。「失礼ですが長官、気でも狂ったんですか？　明日にはインドネシアに行く予定になっているじゃないですか。インドネシアではもう日付が変わって、その明日になっています」

「インドネシアは逃げやしないさ」とパウエルは言った。

「それだけじゃありません」と高官は言った。「それだけではなくですね、僭越でしたらお許しいただきたいですが、我々の役割は外国の政府にあれこれ指示を出すことではありません。説得して納得させるのが我々の役割です」

「そんなこと知るか」とパウエルは言った。「いいか、私は司令官なんだぞ。司令官とは指令を出すものだ。そこで、お前に一つ指令を出そう。放っておいてくれ」

高官の衛星電話が怒ったような甲高い音で鳴った。彼はジャケットを探り、両手で電話を耳に当てた。

「もしもし?」彼の顔は青ざめた。「そうです……いえ、どういうことなのかは……ただ驚いておりまして……長官が電話の電源を切っているんですか? なぜかは私には……よろしいでしょうか……よろしいでしょうか、私は疑いなく政権の忠実な僕《しもべ》で……直接お話しになりたいでしょうか……そうです、ここにおります」

高官はパウエルに向かって電話を突き出した。「大統領からです」

パウエルは手を振り、それを払いのけた。「伝言をもらっとけ」


ランドローバーの後部座席でムスタファ・オスマン・イスマイルの隣に座った補佐官は、その日の朝は、アメリカ人たちの訪問中に彼らが滞在しているエル＝ファーシルと難民キャンプの間の道の起伏の激しさに気づかなかった。しかし夜になり、銀色の三日月の下、乾いた泥の平原を走っていると、あらゆるひび割れと小石の微細な振動が、折られたばかりの前腕の骨では千倍にも増幅されているように感じられた。

涼しげでかつ慣れた手つきで、イスマイルが彼の右腕の橈骨《とう》を二つにへし折った数秒間に、若き補佐官はいくつかのことを学んだ――

1．イスマイルの名高き微笑みは、サメの薄笑いに等しい。
2．イスマイルの細身の体には、とてつもなく強靭な肉体が隠されている。
3．イスマイルが外国の外交官、とりわけアメリカ人外交官に恥をかかされた直後に、彼に話しかけることは賢明ではない。

痛みは良き教師である。補佐官はこれらの教訓を実に深く飲み込んでおり、少しでも音を立てる気はなかった。車が小刻みに揺れてぎくしゃく動き、ぎざぎざの骨と骨をこすり合わせても、彼は呻き声一つ上げなかった。

苦痛に満ちた沈黙を破ったのはイスマイルのほうだった。

「ラーマンに電話してくれ」と彼は補佐官に言った。「明日の正午までにその少年を捜し出させるように伝えろ」

その指令と合わせて明確な脅しを発するべきか訊ねたほうがいいだろうか、と補佐官は考えたが、先ほどの体験からすれば、重大な脅しは暗黙のうちに含まれているようだった。

「わかりました、大臣」彼は歯ぎしりをしながら言った。

「パウエルにその少年を届ける」とイスマイルは言った。「やつは満足して、出ていくさ。だが、やつの飛行機の車輪が滑走路を離れた瞬間、俺はジャンジャウィードに付けておいた首輪を外すからな。あのキャンプにいるディンカ族が一人残らず死ぬまでは、首輪を戻さんぞ」

「私は自分の決断に疑問を感じたことは一度もない」とコリン・パウエルは神に言った。「子どもだったときも、ベトナムでも、統合参謀本部の議長だったときも。自分は正しいことをしているのだろうか、と問う機会はいくらでもあった。六十七年間、とんとん拍子の人生だったが、自分の決断に疑問を持ったことは一切なかった。でも、ここに来る飛行機で一本の電話を受けたんだ。たぶん三分くらいの、短い通話だった。そして突然私は悟ったんだ。このうえなく確信したよ。今日までにしてきた選択はことごとく誤りだったたってね」

パウエルは記者会見テントの地面にあぐらをかいて座っていた。神は簡易ベッドに横になっていた。エル＝ファーシルのホテルには戻らない、とパウエルが国務省の高官に伝えたあと、命じて持ってこさせたものだ。テントの外では、護衛にあたっているシークレットサービス隊員の輪の向こうから、ディンカ族の家族の静かな会話や、焚き火の火がはじけ、水分を蒸発させる音、やむことのない平原の風のため息のような音が聞こえてきた。

「アルマとの結婚だけは別だ」とパウエルは言った。「あれは正しい決断だった。でも、それ以外は間違っていた」

パウエルの自信喪失を招いた状況に対する責任は痛感していたが、神は疲れきっていた。さらに、罪悪感と、脚の切り傷からの敗血症のせいで具合が悪く、パウエルが黙ってくれたら眠れるのに、と思わず願ってしまった。

それでも、罪悪感が上回り、神は訊ねた。「その電話は誰から？」

パウエルは巨体を動かし、ため息をついた。「リタという女性からだった。ずっと昔、お互い子どもだったころの知り合いなんだよ。彼女の兄さんのキースと私は友達だった。キースは殺されてしまったが、その真相を知っているのは私だけだ。でも、私は何も言わなかった」

しばらく、二人とも無言だった。

「リタはサウスカロライナの老人ホームにいて、肝臓癌で余命いくばくもないんだ」とパウエルは言った。

「彼女に打ち明けたの？」と神は訊ねた。

「そうだ」

「それで今はどんな気分？」

パウエルは顔を上げた。「最悪だよ」

「リタは感謝しているはずだわ」と神は言った。「兄さんに何があったのか、ようやくわかったのですから」

「ここに来て、私は自分に問い始める」とパウエルは話を続けた。「どうすれば、黒人初の国家保安問題に関する大統領補佐官になれるのか？　どうすれば、黒人初の統合参謀本部議長になれるのか？　どうすれば、黒人初の国務長官になれるのか？　そして、自分で答える。どの点においても、できるだけ白人のように振る舞うことだ」

神は何も言わなかった。いつも行っていること、自らにできる唯一のことをした。同情し、憐れむこと。

「史上最高ランクの、最強の黒人召使い、それが私だ」とパウエルは言った。

しかし、その夜遅くになって――火がどれも燃え尽きて、くすぶる灰の甘くむっとする匂いが空を満たし、会話が一つ一つ消えていき、スパンコールを散りばめた空の下で同じ夢を見る四万人の人々の穏やかな寝息に変わり、神が熱にうなされた眠りに落ち、シークレットサービスの数名までもがテントの外で頭をぐらりとうなだれたあと――パウエルは、その日の政治的な自殺行為は、遅まきながら訪れた人種的プライドのためだけではなく、もっと単純かつ明白な理由、つまりは償いを果たすためだったと認めざるをえなかった。

なぜなら、彼がリタの声に聞いたものとは、感謝の念ではなかったからだ。そうではなかった。音から電子信号に変換され、何千マイルという電話線を旅し、衛星から衛星にアップリンクされ中継され、そして彼の電話に送信されて音に再変換されたものとは、純粋で混じりけのない悲しみだった。キースの死に対する風化することのない悲しみは確かにあったが、それ以上に、正すにはもう遅すぎることを知ってしまった悲しみだった。

そして、ここにいる異邦の美しき女性、ソラが、自らの弟を見つけることだけを求めている。パウエルには、少なくともしばらくの間は、彼女の手助けをする力があった。そうしないのならば、永遠の罰を受けるだろう。

数週間後、国務省の高官(何とかして好かれたいという気持ちが透けて見えるために、好かれることは決してなかった男）は、ワシントンでのあらゆるカクテルパーティーと葉巻ラウンジでの内輪話に招かれる身となり、間近で見た元国務長官の失脚の一部始終を繰り返し語って聞かせていた。

「あれはまさに青天の霹靂ってやつだったな」彼は〈タカとハト〉というバーでのサービスタイムに、国務省の若き弁護士たちのグループを前にしていた。幾度となく繰り返してきた話だったため、もう話そのものに集中する必要などなく、周囲からのひたむきな視線をただ楽しむことができた（そして特に、すらりとしたブロンド女性からの注目。まだ若く、気だるそうな無関心さでタバコを次々に吸う女性であり、また、彼がその夜遅くに発見することになるのだが、左膝の裏にはどことなくペンタゴンに似たあざがある）。「何の前触れもなしに、スーダン行きの飛行機で始まった。幼なじみのどこぞの婆さんからパウエルに電話があったんだ。すべては一本の電話から始まったのさ」と高官は言った。

集まった聴衆はそろって、信じられないという呻き声を上げた。何人かは話が途切れた隙に地ビールやウォッカカクテルを啜った。

「いったいどうやって極秘回線につながったっていうの？」とブロンドの女が訊ねた。

「パウエルの奥さんがその電話をつないだんだよ。どうやらその婆さんはまずパウエルの家にかけたらしい」

またもや不満の声。グラス同士が当たる。タバコの火がつく。

「ちょっと待った」と誰かが言った。

高官は眉をつり上げ、肩をすくめた。

キツネのような顔つきがどこか高官と似た弁護士が口を挟んだ。「それじゃさ、ちょいと指を鳴らせば史上初の黒人大統領にだってなれた男が、幼なじみから電話があっただけで人生を棒に振ったってことかい？」

高官は微笑んだ。「いいか、その電話があった次の日、あいつは俺のことをろくでなしで低能の白んぼって言い出したんだ。そのあとも繰り返しな」

焼けつくように暑く澄みきった夜明けがキャンプに訪れ、記者会見テントの入口で背を丸めて軍支給品の毛布にくるまった神の姿を照らし出した。敗血症のために、血液は悲鳴を上げていた。神は高熱に震えながら、赤や緑の鮮やかな衣服を着た女たちが水を入れたプラスチックのバケツを頭に載せて行き来する姿を見守った。他の女たちは食べ物を求めて座り込み、その列は視界の彼方、小屋がぎっしりと立ち並ぶなかに消えていた。その女たちが身動きし、立ち上がった。国務省の高官と二人のシークレットサービス隊員に脇を固められて、パウエルが姿を見せたのだ。歌声と手拍子の波に後押しされつつ、パウエルは記者会見のテントに近づいた。彼は微笑んでいた。

「ソラ」と彼は言い、神の両手を自分の両手で包み込んだ。「トマスが見つかったよ」

彼らの足元では、二人の少年がくすくす笑いながらうずくまり、「豆」というマークの入ったでこぼこの缶で水を掬い、お互いの体にかけていた。

パウエルはなおも神の両手をぎゅっと握った。「いいかい、ソラ。君の弟が見つかったんだ。ここに来るんだよ」

パウエルの肩越しに、十代の女の子に引かれている痩せこけた牛の姿が、神の目に入った。牛はどうにかついていこうとしていた。一歩ごとに、あばら骨が膨らみ、皮が突っ張っていた。牛の鼻孔には緑がかった泡が立ち、乳房は空っぽの手袋のように垂れ下がっていた。神が見守っていると、牛は半歩ほど前に進み、よろめいて戻り、立ったまま死んだ。ほんの一瞬、牛は立ったままだった。そして、恐ろしいほどゆっくりと倒れ始めた――重力を思い出しはしたが、すんなりと従う気にはなれない、とでもいうように。前脚は膝のところで畳まれ、臀部は片側に傾き、体全体がそれにつられて土埃のなかに崩れていった。

一瞬のうちに、蠅が牛の口と目に群がった。少女は強硬症患者のような唖然とした無関心さで死体を眺めていた。食料の列にいる女たちが唱和する歌と、くすくす笑う少年たちの声を貫き、甲高く一様な音が上がった――たった一つの、純化された悲しみの声。その音が少女から発せられたことは神もわかっていたが、体を投げ出し、死んだ牛を両腕で抱きしめていても、少女の顔に動きはなく、無表情のままだった。

くすくす笑いと歌声、水がはねる音と手拍子は、途切れることなく続いた。神は自らもまた死につつあると確信し、安堵の念を覚えた。

「ソラ」パウエルは言った。笑みは消えていた。彼は心配そうに神の顔を覗き込んだ。「横になったほうがいい。トマスはもうじきここに来るよ」

シークレットサービスの隊員たちに導かれるまま、神はテントに戻った。隊員たちは神を簡易ベッドに寝かせ、毛布をもう一枚かけた。

皺くちゃになったスーツの中で、パウエルの電話が鳴った。「医療テントにいる人間を見つけてきてくれ」ポケットを探りながら、彼は隊員の一人に言った。「できるだけ早くここに連れてこい」

パウエルは電話を耳に当て、背を向けた。「もしもし」と彼は言い、しばらく間があった。「おや、悪いが私をクビにはできないよ。もう辞めたんだからな」

間。

「私はレンガ並みの知能だということかな」とパウエルは言った。彼はソラの邪魔にならないようにテントを出て、憤然とした足取りであてどなくキャンプをうろつき、電話に向かって怒鳴っていた。その後ろにはシークレットサービスの隊員一人と、着実に数を増やしつつあるディンカ族の崇拝者たちがついて歩いていた。「今回の件で取るべき正しい行動が、政治的に言っても賢明な行動だということは、あんたの間抜けなケツでもわかるはずだ、と私は思っていたんだがな」

間。

「間抜けなケツと言ったとも」

間。

「なぜ政治的にも賢明かと言えば、私のここでの行動をあんたが支持すれば、大統領もようやく外交上の口先だけで逃げずに行動を起こしている、ということが人々にも伝わるからだ。ささやかではあれ正しい行動を取っていることが」

間。

「繊細な問題だとか複雑な情勢だとかいう話はもうたくさんだ。私を誰だと思ってる？　きらきらした目のジョージタウン大の学生で、世界を変えるつもりだとでも？　繊細で複雑だとすれば、我々がそうしてしまっているだけだ」

間。

「私に何があったかって？　何があったのか知りたいのか？」

間。

「いいだろう。じゃあ、あんたに仮定の話というやつをしてやろう。よく聞いておけよ、最後にはテストをするからな」

間。

「あんたが黒人のガキで、ブロンクスで暮らしているとしよう。想像してみろ、八年間の人生で一番暑い夏で、戦争が終わって、近所のみんなは失業してしまった。白人の男たちがそろってヨーロッパと太平洋から戻ってきて、仕事を探し始めたからだ。だから毎日、みんなそろって暑さにうだっている。そんなところに、もううんざりした何人かが石を拾って、窓を割ったとしよう。理由なんかわかるか？　そいつらはアナーキストなのかもしれないし、組合の運動員なのかもしれない。退屈しただけなのかもしれない。それから一週間というもの、毎朝あんたが目を覚ますたびに、催涙ガスの臭いがするわけだ。あんたのブロックにある建物の三分の一は焼け落ちてしまう。

「さて、あんたの母親を想像してみろ。生まれ育ったところの状況はもっとひどかったから、心配すべきところをさしてせず、彼女はあんたをお使いに出す。同じ建物に住んでいるキースという年上の少年を一緒に行かせる。キースは十四歳で、あんたが厄介な目に遭わないようにする役回りなわけだ。ところが、店があったところには黒焦げの基礎部分しか残っていないから、あんたらは北に十六ブロック行ったところにある〈キャブ雑貨店〉まではるばる歩いていく。帰り道に、買ったオレンジと牛乳が重くなってきて、キースは近道をしようと言い出す。あんたらは狭い路地にひょいと入る。そこにある金網フェンスをまずあんたが登れば、食料品をパスするから、その裏庭を横切って行けばいい、とキースは言う。ところが、フェンスを半分ほど登ったところで、警官があんたのズボンの尻をつかんでひっぺがす。

「警官はあんたを道路に叩きつけて、ブーツで首をぐいぐい踏みつけてくる。土とミンクオイルの臭いがする。顔の片側に砂利が食い込む。首を回そうとしても、ブーツがさらにきつく押してくる。**そう焦んなって、坊や、**と警官は言う。

「二人目の警官がキースに話しかけている。**お前ら何の真似をしてるんだ？　ここに押し入るつもりか？**　そして、拳より口のほうがよっぽどタフなせいでいつも勝てない喧嘩に巻き込まれるキースは、**クソ食らえ、**と言ってしまう。すると、牛の脇腹肉を野球バットで殴るような音が、何度も何度もあんたの耳に入る。キースは泣いていて、叫んで、そして静かになる。

「**おい参ったな、**とあんたの首を踏みつけている警官が言う。

「あんたは無理矢理立ち上がらされて、顔からフェンスに叩きつけられる。二人目の警官が後ろから体を押しつけてくる。体が震えている。フェンスに指を引っかけて、体をかがめて近づいてきて、あんたの耳に囁きかけてくる。**誰にも言うんじゃないぞ、黒んぼ小僧。**熱くて湿った息が頬に当たって、タマネギのような嫌な臭いがする。

「あんたは解放される。家までずっと走って戻ると、何があったのか母親は知りたがる。どうしたの、キースはどこ、食べ物はどこなの。だが、あんたは何も言わない。父親が仕事から帰ってきて同じ質問をするが、あんたは口を開かない。数日後に警察がやってきて、キッチンに座って母親のコーヒーを飲んで同じ質問をするが、その声には恐ろしいほど聞き覚えがあって、あんたは何一つ言わない。

「あんたはその秘密を一生抱えていく。実にうまく隠し通しているから、しばらくすると、あんなことは実際には起こらなかったんじゃないか、誰かに聞かされた話か、ただの夢だったんじゃないか、という気がしてくる。

「半世紀が経って、ある晩、あんたは外交任務でセネガルに飛んでいて、眠れなくなる。映画を観る。その映画で、あんたは考え込む。あんたが地上最強の国家の歴史上で最も力のある黒人だという事実をもってしても、物事はあれからちっとも変わっていない。もう何年も、キースのことを考えたことはなかったが、改めて考えると、まるで昨日のことのようにすべてが蘇ってくる。彼の頭蓋骨に警棒が当たる湿った打撲音、熱い路面で潰れたオレンジの匂い。現実だ。本当にあったことだ、夢なんかじゃない。

「そして、あんたは自分が飛行機でただ一人の黒人だと気づく」

間。

「それはどんな気分だ？　どうやって話をすればいい？　どう振る舞えばいい？　金持ちの坊ちゃんよ？」

問。

「仮定の上で言えば、どうなんだ？」

五台の軍用ジープと新型のランドローバー一台が列になり、正午の難民キャンプに突入して埃を舞い上げると、子どもたちは散り散りになった。パウエルが見つめていると、隊列は記者会見テントの前でタイヤを軋ませて止まった。汚れた戦闘服を着た険しい顔つきの男たちが、射撃用ライフルを片手にジープから溢れ出した。ランドローバーからイスマイルが姿を現し、その後ろから補佐官（出来の悪い添え木を一時しのぎに右腕に当てていた）、そして最後に、長身ではあるが背中が湾曲してしまった少年が、ぼろぼろの短パンとサンダルだけという格好で現れた。

三人はパウエルに歩み寄った。イスマイルは少年に合図をした。「自己紹介しろ」

「トマス・マウィエンです」少年はたどたどしい英語で言った。彼はイスマイルのほうを見て、地面に視線を落とした。「ソラの弟です」

「わかっているとも」パウエルは少年を軽く抱きしめ、テントの中に連れていこうとした。

「もうご満足ですかな、ミスター・パウエル？」イスマイルが後ろから二人に声をかけた。

「ここで待っていろ」とパウエルは言った。

テントの中は暗く、涼しかった。砂埃が宙を漂っており、開いた入口から射し込む一筋の日光で照らされていた。医師が一人、神の簡易ベッドのそばに立ち、ぽとりぽとりと落ちる点滴を調節していた。

「ソラ、トマスだよ」とパウエルは言った。

神は目を開き、二、三回まばたきし、弱々しく咳をした。

パウエルは医師を脇に引き寄せた。「あとどれくらい治療にかかる?」と彼は訊ねた。「できるだけ早くここを出る必要がある。今日中だ」

「それは無理です」と医師は言った。「抗生物質の投与があと三、四回必要です。移動できる体調ではありません。一週間か二週間して、回復していれば別ですが、現時点では無理です」

神は体を起こして座り、ベッドの足元に立っている少年の姿にどうにか焦点を合わせようとしていた。熱でぼやけてしまった自らの目に騙されている、と思ったのだ。神がずっと見つめている間、少年は落ち着きなく体を揺すっていた。

しばらくして、神はアラビア語で「あなたはトマスではないわ」と言った。

「トマスだよ」と少年は言ったが、さして確信のある言葉ではなかった。

「いいえ。顔は似ているし、背も同じくらい高いわ。でもトマスではない」

少年は両手を握り合わせた。「お願いだ」

「あなたをここに連れてきた人たちがいるでしょう。わたしの弟だと言うように、その人たちに言われたの?」

「そうなんだ」

「でも弟ではないでしょう。トマスではないわ」

少年はパウエルと医師のほうへ目をやった。「うん」

「脅されたの？　兵士たちに？」

「そうです」

神は少年をまじまじと見つめた。「ゆっくり回ってみて。よく見えるように」

少年は言われた通りにした。手首、足首、首。すべてに、生皮の紐で長時間にわたってきつく縛られたときにできる縞状の傷がついていた。重労働と栄養不足のために曲がってしまった背中には、さらに痛々しい鞭による傷が盛り上がっていた。

「どこから来たの？」と神は訊ねた。

「今朝までは、ハミドって人のところでヤギの世話をしてた」

「その前は？　その前はどこにいたの？」

「わかんない」と少年は言った。「忘れちゃったよ」

神の喉は罪悪感でつかえてしまった。突如として、神ははっきりと悟った。この少年だけでなく、老年になって突然独りになってしまった男たちや、夫が消えて、腹を空かせた子どもを抱えた若い女たち、キャンプにいる誰もが、トマスと同様に神から謝罪を受ける権利があり、神が怠慢の罪を告白して赦しを乞う祭壇を用意してくれるだろう。神は簡易ベッドから滑り下り、少年の前でひざまずいて体をかがめ、祈りを捧げるイスラム教徒のような姿勢になった。慣れない涙が滲むときの刺すような痛みが両目を襲い、神が口を開こうとすると、少年はかがみ、神の肩に手を置いた。

「お願いだ、立ってくれ」と少年は言った。怯えた目でテントを見回し、イスマイルと兵士たちが今にも現れると思っているようだった。

神は顔を上げた。「ごめんなさい」

「お願いだ」と少年はまた言い、神の服の肩を執拗に引っ張った。「弱味を見せたら、あの人たちを怒らせるだけだ」


戻ってくると約束したパウエルが少年を連れて出かけてから数時間後、神は腕から点滴装置を外し、テント内の淀んだ空気から逃れようと外によろめき出た。東の地平線のほうを見ていると、空に小さな染みが見えた。一機目だった。じきに、さらに十機ほどが現れ、ツェツェバエの群れのように機体を寄せ合って飛び、ゆっくりと円を描いていた。

キャンプの住民たちのほとんどは、日中の一番暑い時間帯をやり過ごすべく、小屋の中やタマリンドの木の下に逃れていた。だが、遠くの空に見える見慣れない点の知らせが広がるにつれ、人々は起き始めた。母親たちは天気を見極めるときのように空を眺め、子どもたちを起こすと、持ち物をまとめた。東では土埃が不吉な壁を作り、飛行機がさらに接近し、今や攻撃隊形を組んでいた。

神は両足を抱えるように座り、肩周りに毛布をしっかりと巻き、待った。動き回るディンカ族の間で緊迫感が増していた。最後に水を一飲みしようと井戸に駆け寄り、所有していたわずかばかりのヤギやロバを解き放った。女の一人は急ぐなかでサンダルを片方なくしてしまったが、立ち止まってもう片方を脱ぐことはせず、小さな娘の手をつかんで引っ張りながら、よたよたと歩いて先を急いだ。遅れて起きてきた者たちは立ち上がり、所持品は何も持たずに逃げた。

翼端に当たった日光がきらめいた。飛行機のすぐ後ろに上がる土埃の煙から、マシンガンの銃声が神の耳に届いた。地面はかすかに震え始めた。

　まだ難民キャンプにいたディンカ族の人々は追い込まれたことを悟り、幾度となく、百もの方言で神に呼びかけた。神は笑い、同時に泣いた。実に多くの名が神にはあったが、そのどれにも応えることはできなかった。

　飛行機が頭上を通過した。前方に降下し、爆弾を投下した。神は見上げはしなかった。土煙の嵐を見ていると、黒く大きな馬の群れが亡霊のように姿を現した。毛は泡汗で滑らかで、鼻孔は怒ったように膨らんでいた。馬にまたがった男たちは邪悪な剣を振り回し、ライフルで狙いをつけた。顔はチェックのスカーフで隠されていた。爆弾が空を切り裂いて落ちる、落ちる。大地が揺れる。神は目を閉じた。誰かに祈ることさえできたなら。

橋

太陽と月と星に徴《しるし》が現れる。

――ルカによる福音書　第21章25節

ダニー・キッチンはいつもの道を運転して母親の家に帰宅するところだった。２０１号線の両側には、伸び放題の草地が見渡すかぎり広がっていた。午後遅くとはいえ、太陽は高くぎらつき、遠くの二車線のアスファルトは漏れたガソリンのようにちらちらと光っていた。心地よいそよ風が吹き、高い雑草や葦やガマがしなり、その合間にはイチゴ畑や若いトウモロコシの区画が点在していた。トウモロコシはまだ腰ほどの高さだが、八月の終わり、彼女がここを出てチャペルヒルにある大学に通い始めるころには、二メートル半から三メートルほどの高さになっているだろう。

今日にかぎって言えば、ダニーは先を急いではおらず、制限速度以下の時速八十キロを保ち、のんびりと車を走らせていた。開いたウィンドウから入る風のせいで、髪の毛は乱れてもつれていた。一つかみのブロンドの髪がはためき、彼女の頬に当たり、口の縁の湿り気に引っかかってそのままくっついていた。その毛を引っ張り出して耳の後ろにたくし込むことはせず、ダニーは笑い、舌で毛を引き寄せてしゃぶり、朝に毛先から洗い落とし損ねたシャンプーのわずかな苦みを味わった。

彼女が乗っているポンティアックの後部座席には、白く輝く卒業記念帽とガウンがくしゃくしゃにまとめられていた。彼女の卒業証書は床に落ちており、コーラの缶や返却期限の過ぎたレンタル映画のＤＶＤ、冬からそのままになっている土くずの間で、早くも忘れ去られていた。

母親のために月に二回肉を買っている〈ショア牧場〉を通りかかった。ステーキ肉や冷凍の豚肉、白チーズやサンドイッチ用のハム肉を、老牧場主のキャロルが家畜小屋から直売してくれる。どれも牧場で屠畜されて切り分けられ、保存されて出されるものだ。キャロルは父親から牧場を引き継ぎ、少年だったころからずっとその商売を続けていたが、もう七十代の半ばだった。その牧草地をウォルマートに変えるつもりの開発業者に売却してしまうかもしれない、という噂だった。糞と屠畜の臭いのする牧場だったが、ダニーは気に入っていたし、キャロルの冗談好きでのんびりした人となりや、彼が牧場を経営しているというよりも、ある意味、彼が牧場そのものだということも気に入っていた。ダニーは牛たちに声をかけ、クラクションを鳴らしたが、牛は無反応のまま、のそのそと草を食んでいた。

ダニーはまた笑い、車を先に走らせた。

彼女は片手でハンドルをこつこつ叩いてリズムを取っていた。もう片方の手で、座席の間のコンソールにあるタバコの箱を取った。一本火をつけ、深く吸い込んだが、罪悪感はなかった。ダニーという女の子の（というよりは大人の女だ、と彼女は思い直した。自分のことは大人の女、大学生の女として考えるようにしなければ。その延長線上で、自分のことはフルネームで呼ぶようにして、周囲にもそう求めるべきころだ）心の奥底には、揺るぎなく直感的な確信があった――彼女には何も悪いことは起こらないはずだ。彼女は頭が良かったため、そのように考えているからといって、スピードを出しすぎたりタバコを吸うようになった他の十八歳とさして違うわけではないことはわかっていた。それでもこの通り、彼女は自分のきれいな肌や白い歯、しなやかでほっそりした脚を信じていた。自分を疑う理由など世界には存在せず、その状況が変わるまで彼女は無敵であり、無敵のように振る舞い、さして思い悩むことなどなかった。

例えば、一週間前、しっとりとしてどこかぎこちないセックスの抱擁の最中、絶頂に達しそうになり、固くなって震えているベンの両肩を彼女が感じていると、彼は動きを緩やかにしてこらえ、彼女の耳に囁きかけた。「中でしたいんだけど」

ダニーは彼の下で体をずらし、わからないふりをした。「何したいの？」

いつものように恥ずかしがり、はにかんだベンは顎を引いた。「あれだよ」

「知ってる」と彼女は言った。片手で彼の顎を上げ、目を合わさせた。「でもちゃんと言ってくれない？」

「やっぱやめとく」とベンは言った。

彼の初々しさに打たれ、性的というよりは母性的な愛情が彼女の心にわき上がった。「ベン、好きなようにしていいのよ」

彼女に後押しされ、彼はそうした。ダニーの母親なら、そんな娘の行動を、いつものように「不注意」だと言うだろう。だが、ダニーは心配していなかった。彼女はしっかりしており、母親のように、十八歳の誕生日を迎える前に独り身で赤ん坊を背負うつもりはなかった。ベンが達している最中にも、彼女の内側の筋肉が動き、優しくはあれ決然と彼を押し出している感覚があった。彼が終わって倒れ込んでくると、彼女はその体を押しのけて額に軽くキスし、トイレに立った。トイレットペーパーに手をかけるよりも早く、その体液は流れ出して太腿の内側を伝っていき、冷たく、無力で、無害な、ちょっと拭き取れば片付く程度の汚れになっていた。

部屋に戻った彼女は横にはならず、片脚を尻の下に畳んでベッドの端に座った。ベンは指先で彼女の背中を撫でた。彼はキャンプファイヤーのこと、給水塔でのパーティーのことを口にしたが、彼女の耳には入っていなかった。彼女の心は秋からのことに移っていた。ノースカロライナに引っ越して大学に通うこと、この場所を去ったあとの人生のこと。懐かしく思って泣いてしまいそうなものなど、一つも思いつかなかった。

彼女の女友だちなら、続く数日間は最悪の事態を覚悟しつつ、「不注意さ」から逃れられたと知らせてくれる痛みと出血を待ち望んだだろうが、ダニーは一瞬たりとも心配することはなく、高校生活最後の一週間の行事をこなした。マーチの練習と、三年生のタレントコンテストに参加した。『パンサープレス』誌用の遺言を書き、マット・ブーチャードの三年生キャンプでは酔っぱらい、ベン以外の男子とキスをした。生理が来たときも、ほとんど気に留めなかった。

ダニーは道路から消防用の小道に入り、人生の変わり目を象徴する儀式的な一日の仕上げとして立ち寄る二つの場所の一つ目に向かった。砂利道はマグラス池に向かって下り、春の雨水に浸食されて毎年少しずつ険しく不安定になっていた。何カ所かで道は鋭く曲がり、木々や、ごつごつした花崗岩の間を縫っており、ダニーはほとんどブレーキを踏みっぱなしで下っていった。一キロ近く進むと、木々が分かれ、池が目の前に一気に広がった。水面はプロパンガスの炎の色だった。そよ風にあおられて、池の水面はところどころかすかに白く波立っていた。ダニーは一般開放のボート着き場近くの脇道に入り、車を停めた。

彼女は外に出て車の後ろに回り、トランクを開けた。トランクはボンという音を立てて一気に開き、彼女は思い出の品がずっしりと入ったビニールの買い物袋を取り出し、トランクを閉めた。

ボート着き場の左のほう、細い白樺の木立の下に、違法の焚き火用の穴があった。粗い作りの穴を囲む黒ずんだ石は、積み重ねられて半円状になっていた。穴の中には、どれくらい前のものかは誰も知らない燃え残りがあった。前夜の雨で濡れて泥っぽくなっている灰の層があり、その上には、半分燃えた木の枝と、黒焦げのビール缶がいくつか、溶けたスニーカー一足の残骸。ダニーはビニール袋に手を入れ、ライター用の液体が入ったブリキの小型容器を取り出した。そして袋を逆さまにすると、今までの人生の思い出の品々が穴に落ちていった。躊躇いも敵意もなく――実際のところさしたる感情はなく、この日ずっと感じていた、温かく途切れることのない期待感があるのみだった――写真や赤ちゃん用の靴や表彰状にブリキ容器の半分を振りかけ、マッチを擦り、積み上げた山に投げた。

だが、映画のようにはいかなかった。マッチの火は液体に達する前に消えてしまった。ダニーはもう一本擦った。弱々しい火を片手で守りつつ、膝をつき、マッチの頭をパンダのぬいぐるみの毛皮に当てた。ライター用の液体にすぐに火が燃え移った。全体に火が回ると、彼女は飛びのいた。

ダニーはタバコに火をつけ、自分の持ち物が燃える様子を眺めながら、ときおり池に目をやった。二羽のアビが並んで水面を動き、同時に潜り、流れるように水中に姿を消した。まだ小さかったとき、この池で、モーターボートに乗った男が一羽のアビを追い回しているのを見かけたときのことを、彼女は思い出した。何らかの理由で、アビは飛び立つことができずにいた。翼が折れていたのかもしれない。だが、ボートが近づいてくると見ると、その鳥は水中に潜り、しばらくすると五十メートルほど離れたところに姿を現した。男はまたアビを追い、またアビは潜った。そのエンジン音を、ダニーは覚えていた。鳥が水面に出てくるのを待つ間、獲物を狙うような低い音を立ててアイドリングになり、アビが呼吸をするために上がってくると唸った。その音は、反対側の岸で日光浴をしていたダニーと母親にも届いた。ボートは追い立てられた鳥めがけて幾度となく舵を切り、その舳先にあるクロムメッキの備品に当たった日光がダイヤモンドのようにきらめいていたことを、彼女は覚えていた。それが一時間ほど続くと、アビは疲れ、水中にいることができる時間は次第に短くなり、少しずつボートの近くに浮上するようになった。ついに、最後に出てきたとき、男は船外モーターを一気に唸らせ、アビにはもう一度潜る体力は残っていなかった。それが、その鳥の最期だった。

子どもだった自分が泣いた記憶はそのときしかなかった。**ママ、どうして？**　と彼女は何度も何度も叫んだ。母親は涙を見せずにボートの男をじっと見つめ、軽く首を振った。**わからないわ。ああいう男の人もいるのよ。**なぜ、母親が鳥や娘の悲しみに同情して涙を流すことができなかったのか、そのときのダニーには理解できなかったし、あとになっても理解できずにいた。

だが、今回、彼女のまだ若い人生の形見を意図的に破壊することに関しては、母親も涙の一つや二つを見せることになる、とダニーにはわかっていた。そう考えても別に嬉しくはなかった。彼女は自分にとって必要なことをしていただけで、それが他人にどう影響するのかまでは勘定に入っていなかった。それに、母親には決して理解できないだろう――ダニーにとって、これは悦ばしいことであり、古くなってすり切れた不要品を脱ぎ捨て、未来を大きく抱きしめて歓迎する行為だった。

それでも、何かが欠けていた。彼女は次の日の朝にまったく新しくしがらみなく目覚めることを望んでいたが、彼女が火にくべ、ほとんどはもう燃えさしと灰になってしまったものでは十分ではなかった。そこで彼女は車まで戻り、後部座席から帽子とガウンと卒業証書を取った。今度も躊躇うことなく、すべて火に投げ入れた。帽子とガウンは分解し、化学物質の強烈な悪臭が立ち上った。偽革のケースに入った卒業証書が燃えるには、もう少し時間がかかった。ダニーは棒で証書をつついた。卒業証書を燃やしてしまったことで、母親は泣くどころではなく、娘を呪うだろうことを、ダニーは知っていた――ダニーを身ごもったために、自分は高校を卒業できなかったのだから。母親にとっては卒業証書それ自体が目標だったが、ダニーからすれば、証書はさらに大きな目標、つまり大学と、大学が開いてくれる扉の数々に向けての一つのステップにすぎなかった。目の前にある紙切れ自体は、彼女には何の意味も持たなかった。とはいえ、彼女はシンボルや象徴性、徴《しるし》や予兆のたぐいは非常に重視していた。

例えば、この日――この完璧で、美しい日。鮮やかな陽光と暖かなそよ風、のんびりと草を食む牛、息の合ったアビのつがい。すべてが、何か良いことがあるという紛うことなき徴《しるし》だった。ダニーは他人からの励ましなど必要としない人間だったが、それでも、その徴《しるし》を歓迎した。

卒業証書がちらちらと光る薄片状の灰にまで燃えてしまったそのとき、アビのつがいが池の水面に再び姿を現した。波の間で上下に揺れ、頭から尾羽まで震わせて水を振り落とし、つがいは翼を伸ばして池の水面を走り始め、速度を上げて体を持ち上げ、ついには細く黒い両足が水をかすめているだけになった。ジェット旅客機の離着陸装置のように両足を上げると、ふわふわの下腹部にたくし込み、アビは角度を上げて舞い上がって頭上で大きく曲がり、木々の向こうに消えていった。

二羽を見守りながら、ダニーは今すぐノースカロライナに旅立とうかと考えた。いいアイデアじゃないだろうか？　すぐにチャペルヒルに行って、秋学期が始まるずっと前に、新しいアパートと新しい友だちたちと一緒にいてもいいというのに、夏の間ずっとここにいて、〈ホットケーキハウス〉で働く理由なんてあるだろうか？　こんな衝動には、母親は言うまでもなく、彼女の友だちも怖じ気づいてしまうだろう。ひょいと荷物をまとめて、何の計画もなしに、数百ドルだけを持って出ていく？　行ったこともなく、知り合いもいない場所に？　なんて不用意で、無謀な！　だが、他人なら足踏みしてしまう不用意さや無謀さは、かえってダニーの心を躍らせるだけだった。それに、脂っこい朝食を出す仕事なら、チャペルヒルにもあるはずでは？　彼女と大の友だちになれる人たちがいるはずでは？

徴《しるし》に駆り立てられた彼女に、また啓示が訪れた。明日ここから出ていくことを止める理由なんてあるだろうか？

もちろん、答えは決まっていた。そんなものは一つもない。

こうして、ダニーは決意した。ということは、次に立ち寄る場所、ベントン橋の〈ドライブイン・ボブ〉で女の子たちに会うこと（神の愛情があの子たちにありますように、でも、彼女たちはまだ「女の子」だった）は、卒業式のあとの気軽な集まりではなく、お別れの場になるだろう。たぶんべンも仲間と一緒で、つるんでいるだけだという風を装い、格好をつけて何気ないふりをしているだろう……実は彼女にちょっと会いたいと思い、運が良ければ少し話ができないかとも思っている……だが、もう彼とはお別れなのだと言わねばならない……彼にはもう一年高校が残っているのだし、もしそれがなかったとしても、終わりは終わりだ。そのことを認めるのはダニーにとって悲しいことだったが、彼を愛してはいなかったからだ。人はあれやこれやと物事をややこしくするものだが、実際の物事はいたって単純なものだ。

彼女は車に乗り込み、消防用の小道を戻っていった。タイヤで小石を弾き飛ばしつつ、旅立つ決意に胸は躍っていた。ただし、ベンには会いたくなかったし、別れ話を切り出したくもなかった。明日か明後日あたりに、彼女の友だちの誰かから聞かされて、彼一人で気持ちを整理する時間があるほうが楽だろう。その手の悲しみは、友だちや家族からは離れ、とりわけその傷をもたらした本人とは離れ、一人で噛みしめるのが一番だ、とダニーは信じていた。ベンに愛されていることは知っていたが、その愛が彼女に求めるものも承知していた——工場労働者の妻になり、子どもは五人、髪の毛は傷んだままで、これは自分のものだと言えるのは、両脚に浮いた血管くらいだろう。少しばかりベンを嫌いだったのはそのためだった。そして、彼女が彼の愛に屈し、望み通りの人間になれば、長く深く苦しむのは彼女のほうだということも知っていた。

彼女は主道に戻り、東にある〈ドライブイン・ボブ〉に向かった。左側の遠くのほう、谷の反対側にある丘のすぐ上で、鮮やかな青を背景に、遠ざかっていく二つの黒い斑点が見えた——アビのつがいが、まだ一緒に、この場所から上昇しつつ離れていき、ほとんど完全に消えていこうとしている。

ダニーは微笑み、何を持っていって何を置いていこうか、と考え始めた。

店からまっすぐ家に帰って、荷造りに取りかかろう。長くはかからないはずだ。スーツケースが一つ、ジーンズやブラウス類、靴下にブラにパンティー、カロライナの暑い夏のために短いスカートを何枚か。日記と、雑誌も何冊かいるし、大好きなすり切れた『ブルックリン横丁』も。化粧品類、歯ブラシと脱臭スプレー、髪紐、コンタクトレンズケースと溶液。**何してるの？**と母親は訊ねてくるだろう。そしてダニーはこう答える——**もう出てくのよ、ママ。わたしはもう大人なんだし、今日はどの徴**《しるし》**も真南を指してるの。**それだけだ。かわいい娘が出ていくことで、母親は悲しむかもしれないし、少し怖がるかもしれない。でも、同じくらい嬉しく、誇らしく思ってくれるはずだ。しばらく考え、涙を溜めて抱きしめたあと、**行ってらっしゃい、**と言うかもしれない。**旅立って、わたしができなかったことを全部してくるのよ。**

わたしの旅はもう始まってるんだ。太陽の下、トウモロコシとガマとイチゴの葉が揺れるなか、車に乗ったダニーはそうひとりごちた。

池からベントンまではすぐの距離だった。じきに、ダニーはベントンの繁華街と呼ばれているところに通じる緩い曲がり角を過ぎていった。道路がまっすぐになり、視界に橋が入ってくると、十台ほど列になって橋のたもとに止まっている車が見えた。川の対岸の対向車線は〈ドライブイン・ボブ〉に至るまでぎっしりと渋滞していた。そして、橋の上にも、青い回転灯を回している州警察のパトロールカー二台に挟まれ、黒いセダンが歩行者通路のそばに直角に停められており、運転席側のドアは開いたままになっていた。

ダニーは車を止め、外に出て見物人たちに混じり、ゆっくりと歩いて橋に近づいた。黒い服を着た、おそらくは黒いセダンの持ち主と思われる人物が、橋の手すりを乗り越えた側の狭い出っ張りに立っていた。大きな帽子をかぶった二人の州警察官がその後ろに立ち、両手を上げ、その背中に向かって恐る恐る懇願していた。男の黒い靴のつま先が、川床の上に突き出ていた。出っ張りにはかかとがついているだけだった。黒い袖に包まれた両腕は、体の後ろに伸びていた。両手は手すりを固くつかんでおり、遠くにいるダニーにも、関節の皮膚が張りつめているのが見えるほどだった。

彼女はさらに近づき、歩調を速め、安全な距離だと思うあたりで足を止めてぽかんと口を開けて指差している人々を追い越していった。ダニーは前進を続けた。そして、手すりの向こう側にいる男が聖職者であることを見て取った。男が州警察官のほうに一瞬だけ首をひねったとき、喉元の襟がちらりと白く光ったのだ。彼が年寄りだということも、ダニーにはわかった。髪は豊かとはいえ真っ白で、襟のすぐ上の皮膚はたるんで灰色になっており、信仰のきつい布地によって締めつけられ、皺がぶよぶよの塊になっていた。

ダニーはなおも歩き続け、道路と橋を連結している鋼鉄部分を越えた。肝の据わった見物人もそこで足を止めて口に手を当て、目には見えない壁によってそれ以上進めないかのようだった。彼女はその壁を抜け、橋に一歩踏み出し、さらにもう一歩進んだ。恐怖を滲ませた州警察官の声が聞こえた。「神父様、お願いです」二人は無力な手を上げて言った。司祭は二人にまったく耳を貸さず、下を流れる川をじっと見下ろしていた——暑い夏の間に干上がって細流になり、ひび割れた硬い川床が剝き出しになっており、岩の表面は苔で覆われ、何匹かの死んだ魚が日光を浴びて腐っていた。

橋の向こう側の〈ドライブイン・ボブ〉にはダニーの友だちたちがおり、女子も男子もそろって車のボンネットに立ち、手を目の上にかざしていた。男子の一人が仲間のほうを向き、何か言った。向き直ったとき、彼は笑みを浮かべていた。

あの子たちは子どもなんだ、とダニーは思った。**これを楽しんでるんだ。**

州警察官はかなり背の高い男と中背の男の二人組で、しっかりとアイロンのかかった制服と、かさばる黒い拳銃ベルトに、力と統制をみなぎらせている。しかし、彼らの目は、それが幻想にすぎないことを明かしていた。二人には力も統制もなかった。恐れていた。司祭の背中まではあと数十センチというところにいたが、動いて彼に触れはしなかった。「お願いです、神父様……」

ダニーはさらに近づき、パトロールカーをよけていった。足がひとりでに動いていた。彼女は州警察官を見た。**どうにかして、**と言いたかったが、何も言わなかった。声を上げることで、現実という、老司祭を橋桁につなぎ止めて落下しないようにしているか細い蔓を断ち切ってしまうのではないか、と恐れたのだ。なぜなら、まさにここで起ころうとしていることは、現実ではありえなかったからだ。そんなことはありえない。だから、彼女が黙ったまま、その場を乱すことがなければ、現実がまた戻ってきてくれるかもしれない。**お願いだから、どうにかして。**

ダニーは足を止めた。司祭は川床から目を上げた。その日初めて、どこからともなくまぼろしの雲が現れ、その雲が太陽を隠し、大地は翳った。ダニーが丘の上に目をやると、空には何もなかった。彼女が振り返ると、長身の警察官の磨かれたブーツの近くの歩道に、カロライナまで、そしてその先までも彼女につきまとうことになる光景があった——老司祭の帽子とワイヤーリムの眼鏡が、ていねいに地面に並べられていた。

　世界が終わり再生してからずっとあと、何年もの間、ダニーは司祭に手を伸ばす夢を見て、糊のきいた黒い袖の感触を指の間に感じつつ、目を覚ますことになる。

　ダニーは司祭の視線の先を追い、空を見上げた。青しか見えなかった。目を戻すと、司祭の姿はなかった。長い、長い一瞬、すべてはそのまま凍りついていた。そして、まぼろしの雲から太陽が現れ、大地は明るくなり、すべては再び、ただしゆっくりと、動き出した。

小春日和

牧者たちよ、嘆き叫べ。
群れを率いる者らよ、灰をその身にかぶれ。
お前たちが屠られるときが満ちた。
お前たちは貴い器のように砕かれて倒れる。
——エレミヤ書 第25章34節

俺たちは十人だった。居間の真ん中でお互いの頭にピストルを突きつけていた二人はもう死んだことにするなら、八人だ。その十人のうち、これってマジな話かよって自問していたのは、俺だけじゃないはずだ。もちろん、俺たちは飲んでいたし、リックの両親の家の中は、カナディアン・ウィスキーを一瓶近く空けたあとにすべてを満たす摩訶不思議な白い光を帯びていた。それだけじゃなくて、神が死んだってことが公式にアナウンスされたあとのことだったし、CAPAはまだ設立されていなかった。酔っぱらっていようといまいと、すべてが相当おかしくて、非現実的に思えた。これは夢なんだって言われたら納得しただろう。俺は実は昏睡状態で、シューッと音を出す機械の触手を山ほど付けられて眠っていて、母さんがベッドの脇にいて俺の冷たい手を握っていて、俺の脳が、まぶたの内側に映画を上映しているのかもしれない。世界がぶっ壊れてしまって、残されて絶望した俺と仲間が集団自殺しようとしているっていう映画だ。だから、おいおいマジなのかよって考えていたのは俺だけじゃないはずだ——リックが「一、二、三!」とカウントして、ベンとマニーがお互いの脳味噌を吹っ飛ばした、その瞬間までは。

部屋に血と煙が飛び散る前は、俺は軽くクスクス笑いさえした。だって、俺たちは大学に戻ることになっていたのに、もう戻る大学なんて存在しなかった。何が何だかわからなかった。銃が火を吹いてからしばらくは煙が濃くて、何も見えなかった。ガキがカウボーイ&インディアンごっこをするのに使うおもちゃのピストルみたいな匂いが薄れると、髪と皮膚が焦げた強い悪臭がした。煙がゆっくり天井に上がって、一つにまとまって低い雲みたいに動くと、床に転がっているベンとマニーの死体が見えてきた。その二人だってことを知らなかったら、誰なのかわからなかっただろう。

俺たちはみんなビール片手に立っていた。煙が小さな筋になって俺たちの体から上がっていった。みんな茫然自失といった様子だったが、リックだけは落ち着いていた。こわばったまま変化のない、あいつの残忍な顔が煙の向こうから現れた。マニーの右後ろに立っていたチャドは、ジャクソン・ポロックがシップヤードビールのTシャツを使ってアクション・ペインティングをやったみたいな有様だった。俺が前の学期に取っていた「現代アート探究」の授業では、抽象表現主義にかなりの時間を割いていたから、今回の作品にどんな説明が付くのか想像できた。「ジャクソン・ポロック、『自殺』綿布に脳味噌、二〇〇五年」

そこらじゅう血だらけだった。壁に血、本棚にも血、俺たちがまだ高校にいたときに撮った、リックと家族の写真が入ったA4サイズの写真立てにも血。停電になってからもの言わず無力に鎮座しているHDテレビの画面を、憂鬱そうな血の筋がいくつも伝っていた。リックの母親が集めていた陶器の人形には、血の粒が点々と付いていた。床には深さ三センチになろうかという血溜まりがあって、端のほうはもう凝固し始めていて、皿に出されたプリンのようだった。
リックはそのど真ん中によろよろと歩いていって、ピストルを二丁とも拾い上げた。「モップ持ってこい」と俺に言った。

もちろん、俺たちはみんな何かを失っていた。俺の母さんは、インシュリンポンプの詰め替えが郵送されなくなったあと、寝ている間に死んでしまった。マニーの父親は、いよいよ事態が深刻になってきたあたりで発作を起こした。そのころにはもう救急車は動いていなかったから、スキップフロアになっているランチハウスのバスルームの床でのたうち回って死ぬはめになった。そのあと、マニーの母親は妹と一緒にフロリダに出ていった。そこならまだましだ、と聞いていたからだ。信号が切れてしまったから、道路は大破した車だらけになって、交通事故が頻発した。チャドもアレンもベンも、家族はみんな事故で死んだ。ウェズリーの父親と継母はゴルフ旅行でトゥーソンに飛行機で行って、そのまま戻ってこなかった。レオの両親は、シェルのガソリンスタンドでスープ缶とスポンジケーキを漁っているときに起きた爆発事故で死んだ。その火は一週間燃え続けて、チェリーヒルにある中流の住宅地に燃え広がって、コールの家族と、ジャックの母親と双子の妹たちが死んだ。そしてリックは、目の前で、一家のアウディからせっせとガソリンを抜き取っていた隣人に両親を撃ち殺された。その男は経済学の教授で、フットボールのシーズン中には日曜の午後にちょくちょく立ち寄って、ウォッカのマティーニを一緒に飲む仲だった。リックはそいつの後頭部に庭かき用の熊手を食らわせて殺した。

一人、また一人と、それぞれの悲劇のあと、俺たちはリックの家にたどり着いた。マニーと俺が移ってきたとき、リックの両親はまだ健在だった。俺たちがガレージにいて、二階の割れた窓をふさぐ物を探していたとき、二人は隣人に殺された。タンク四分の一程度の高級無鉛ガソリンをめぐってのことだった。

　俺はしょっちゅう自問する。俺たちが車寄せにいて、そいつが来るのが見えていたら、どうなっていただろう。アウトサイドの花形ラインバッカーだったマニーが、そいつの膝にクリッピングをかましてやっていたら。ガレージの作業台に立てかけてあったレジー・ジャクソンの公式バットで、俺がそいつの利き手に一発食らわせてやっていたら。そうしたら、リックの両親が死ぬことはなかったし、さあどうするかって俺たちだけで決めるはめにもならなかった。そもそも、俺たちはただのガキだった。

　次の日の朝、レオとコールが一緒に、午後にはジャックがやってきて、裏庭でリックの父親が育てていたトマトの横に、みんなで穴を二つ掘った。掘り返したばかりの一対の土の山を前にして、何も言うことがないとき、「気まずい沈黙」という言葉の本当の意味がわかる。祈ろうかって言い出しかけて、俺は自分の馬鹿さ加減にあきれ果てた。リックはもう家に戻っていたから、どっちみちどうでもいいことだったが。

　俺たちは隣人の死体を道路に引きずっていって、置き去りにした。

　そのあとの何週間かの生活は、いろんな意味で、それまでとあまり変わらなかった。俺たちはがっつり飲んで、音楽をかけてゲームをして、徹夜して、日中はほとんど寝ていた。俺とウェズリーは無人の引っ越しセンターからトラックを一台拝借して、土日をかけて〈ハスケル・リカーストア〉の在庫を全部かっぱらって、リックのガレージに移した。小春日和になった。俺たちは蹄鉄投げをして、中庭で椅子に座ってだらだらして、飲んで、単に夏休みが延長されただけなんだと思い込もうとした。

でも、新しい現実がいつも立ちはだかってきた。暑くなったついでに、雲一つない抜けるような青空が広がったが、谷のそこらじゅうで放ったらかしになっている火事のせいで、灰色の霞が立ちこめて、俺たちの肌は煤だらけになった。一つ一つ、ラジオ局とテレビ局はプツンと消えていった。食料と酒の蓄えは次第に減っていった。電信柱にある変圧器が爆発して、夜空にはしょっちゅう本物の青い電光が走った。じきに、リックの家に電気が来なくなった。俺たちはロウソクに火をつけて、夏の最後の一息に浮かれるコオロギの鳴き声を聴いて、ぬるいビールで荘厳な気分になった。

なかでも、リックが変わってしまった。いつも元気で、怖い物なしだったあいつは、高校ではビールを買ってくる役目を任されていたし、コールを除けばただ一人、ハローウェルの貯水池にある高さ二十メートルの恐怖の崖から飛び込んだ人間だった。なのに、両親を埋葬してからは家中をうろうろして、動きは鈍くよそよそしくなって、ふさぎ込んでいた。立てなくなるまで飲んで、バスタブの横とか、ガレージのコンクリートの床とか、ところ構わず倒れ込んだまま寝ていた。狂ったように掃除をするようになったが、家の中の物を動かすことを恐れているようだった。ある朝、俺が廊下から見ていると、あいつは父親のシェービングジェルの缶を持ち上げて、バスルームの洗面台のはねよけ板を拭いて、それから缶を戻すのに十分間かけていた——三センチほど左に動かして、右に動かして、ほんのちょっと回転させて、一歩下がっていろんな角度からチェックして、それからまた直していた。

何日間も、あいつは誰とも口をきかなかった。誰かが不幸なのは自分のせいだと思い込む癖が小さいときからあったレオは、何が悪かったんだろうと俺に訊ねてきた。

「お前のせいじゃないって」と俺は言った。「リックは悲しいだけだ。みんなそうだろ?」

でも、それだけじゃなかった。俺たちの過去は遠のいていったし、有意義な未来があるなんてことは論理的にありえなかった。単なる悲しみを越えて、俺たちは、永遠の「今」ってやつに閉じ込められたみたいに感じ始めていた——同じ十人の仲間と、時の終わりが来るまで飲んで、日光浴して、テトリスをする、一種の煉獄だ。壁はだんだん狭まってきて、パスタスープの缶は古くなっていって、そのうち、もの言わぬゾンビみたいによろよろしているのはリックだけじゃなくなる。

そして、電力が切れた。

その数日後、二日酔いで喉が渇いた俺たちが目覚めると、どの蛇口からも水が出なくなっていた。それでリックは一線を越えた。俺たちを居間に呼んで、ビールの五〇〇ミリリットル缶をポンと開けてぐいぐい飲み、あたりを睨み回した。

「提案がある」と言った。

俺たちは聞いた。いろいろ考えれば、そんなに狂った話には思えなかったし、飲めば飲むほどいい話に思えてきた。俺たちは日が暮れるまで何時間も話し合った。ピアノ椅子に置いてある防風ランプをつけにいくやつはいなかった。

「全員が納得するまではやらない」とリックは言った。「いつもみたいに、みんな一緒にやるんだ」

そのあとしばらく、俺たちは何も言わずにそれぞれ考え込んだ。俺は母さんのことを考えた。建築技師になるという計画のこと（厳密に言えば、夢というより志望で、俺はかなり真剣だった）、それから、食料が底をついたときに待っている、『マッドマックス』ばりの恐るべき未来のこと。

そして、リックが俺たちの名前を一つ一つ呼んでいって、一人一人、俺たちは「やろう」と言った。どういうわけか、暗闇のなかだと驚くほど簡単なことで、ピザに載せるトッピングでも決めているみたいだった。俺たちはランプをつけて、賛成した証に、ほとんど空になったビール缶を鈍い音で合わせて、寝た。

先にはろくでもないことしかないなかで、最高の話に思えた。


でも、小学校でキックボールをやっていて出会った二人の残骸をモップで拭いていると、俺の気持ちは揺らいでしまった。バケツの水を三回替えたのに、汚れが薄くなって広がっただけだった。石鹸混じりのピンクの水がパイン材の床に筋になっていて、誰かがイチゴスムージーの大瓶を引っくり返したみたいだった。死体は外に引きずられていったから、もっと濃い汚れが玄関まで続いていた。きれいにするにはあと何時間もかかるだろうし、あと八人残っていた。

俺はもう少しあちこちにモップをかけて、本気で床掃除しているふりをした。みんなはドアの枠とか汚れていない壁にもたれかかって、タバコを吸って眺めていた。ようやく、リックがビール缶を俺に差し出して、「そんなもんだろ」と言った。「どうせそのうち、誰も気にしなくなる」

あいつのもう片方の手には、ばらばらの長さに切った八本の赤いストローが握られていた。「集合」とあいつは言って、俺たちはゆっくりと集まった。初めて、俺はみんなのひどい体臭に気がついた。シャワーを浴びたのなんて一週間も前だったし、家に一本だけあるスティック型脱臭剤は、リックの父親のものだったから、使用禁止だった。

レオとコールが短いストローを引いた。リックはウェストバンドにしまっていたピストルを両方取り出した。コールはあきらめと安堵が入り交じったため息をついて、一丁手に取った。銃の重みを確かめて、レオをじっと見た。

レオはコールのほうを見て、逃げ出した。玄関から外の暗闇に駆け出して、キーキーと言い訳を叫んでいた――俺だってみんなみたいに悲しいし怖いよ、でもどんなに飲んでも、やるガッツが出てこないんだ。

「ここで待っとけ」とリックは言った。ピストルを持ったまま、あいつはレオを追っていった。

俺が真っ先にポーチに出ると、ちょうどリックの後ろ姿が通りの奥の暗闇に消えるところだった。オリンピックの短距離走選手みたいなストライドで、裸足で道路を走っていって、左に曲がって消えた。俺たちは待って、耳を澄ませたが、二軒離れたところにある小さな人工の池でがなり立てるウシガエルのせいで何も聞こえなかった。

十五分経って、三十分経った。ウェズリーはみんなに新しいビールを持ってこようとガレージに入って、手のひらを派手に切って血を流しながら戻ってきた。

「除雪車で転んでさ」痛ましい笑みを見せて言いながら、血の筋が流れるビール缶を手渡した。

「こりゃひでえな」とアレンは言った。「きれいにしとけよ。タオルか何かでくるんでさ」

ウェズリーは彼のほうを見た。「何の意味があるんだ?」

俺とウェズリーの間の籐の椅子に座っていたコールは、三口でビールを飲み干して、轟音みたいなゲップをした。

「もういい」とコールは言った。ピストルを口でくわえ込んで、何回か短く息を吸い込んで、引き金を引いた。弾丸はコールの後頭部にソフトボール大の穴を開けて、後ろにあった窓は粉々になった。ぎざぎざの三角形になったガラスが窓の枠に残って、血と脳味噌を滴らせていた。

「こりゃひでえ」とアレンは言った。指の感覚がなくなったせいでビール缶が落ちて、ポーチの上の段で泡だらけになっていた。他には誰も口を開かなかった。みんなの顔にはちょっとした驚きの表情が浮かんだだけで、また無表情に戻った。俺たちはリックが戻ってくるのをもう少し待った。

「あいつ捕まったと思うか?」チャドが訊いた。

「たぶんな」とジャックが言った。「レオは運動が得意ってわけじゃないし」

「捕まったんなら、音がするだろ」ウェズリーが言った。「銃声とか、叫び声とかさ。何かあるだろ」

俺はビールを一飲みして、決心した。「なあ、これって間違いかもしれないぜ」と俺は切り出した。

「そりゃ今さら何だって話だけどさ。でもさ」

ウェズリーは俺を見た。「リックがいたらそんなこと言わねえくせに」

「おう、言うわけねえよ」と俺は言った。「あいつもう狂ってるからな。そのへんでレオ狩りしてるんだぜ。レオは俺たちの仲間だろ。卒業したとき、フロリダで親父さんがシェアしてる家にみんな連れてってくれたじゃないか。リックに捕まったら、犬みたいに撃ち殺されちまう」

「今だって仲間だろ」とジャックは言った。「だからこれをやってんだろ。ある意味神聖なことなんだぜ」

「レオも俺たちと一緒に賛成しただろ」とウェズリーは言った。「あいつのことはかわいそうだって思うさ。でも賛成したんだ。ベンとマニーはやってのけたし、コールも自分でカタをつけた。誰も後戻りできねえよ」

俺はコールの椅子の横に転がっているピストルをじっと見た。ウェズリーは俺の視線に気がついて、ピストルを拾い上げて自分の膝に挟んだ。

「俺は家族に会いたいだけなんだ」とアレンは言った。「情けねえ話だけどさ、どうだっていいよ。親に会いたい」

どう考えても、来世なんてものがあるとは思えなかったが、俺にはそう指摘するだけの勇気も気力もなかった。

ウェズリーは月明かりの下で手のひらを上に向けて、血が止まった切り傷をそっと指でなぞった。

「今何でも食えるとしたら、どれにする?」と、特に誰にともなく言った。

俺以外は全員があれこれ言い出した。元気が出る話題だった。ハワイ料理の前菜盛り合わせがいいけど、春巻は抜いて、代わりに牛肉のテリヤキがいい、とチャドは言った。ジャックがずっと夢見ていたのは、〈ボデガ・バー〉で毎週水曜に出ていた、コカコーラ風味の牛胸肉のサンドイッチだった。

アレンは母親のラザーニャが食べたいと言った――リコッタとタマネギと三種類の肉がぎっしり詰まっていて、プロボローネチーズのスライスがかかっていて、半日かけてじっくりと焼き上がるうちに、端がパリパリになるやつだ。

「ちくしょう、あのラザーニャは絶品だったよな」とチャドは言った。「俺もそっちに変えていいか？」

俺は心の中で言った――**逃げろ、レオ。突っ走るんだ。**


真夜中を少し過ぎた。ガラスみたいに澄んだ、端のほうがうっすらと虹色になったきれいな環が、月の周りにできていた。秋の冷気が谷に下りてきて、カエルは黙りこくり、俺たちは家の中に退散した。コールは椅子にそのままにして、新しいロウソクに火をつけて、燃え尽きたやつと替えた。

それから十五分後に戻ってきたリックは、「レオは消えた」と言った。まだ開けていないビール缶をコーヒーテーブルに置いて、両手を膝について、息を整えようとしていた。足の両側は擦れて黒くなっていて、マメができて破れた鮮やかなピンク色の点がぽつぽつ付いていた。

「それってどういう？」とウェズリーは訊ねた。

「逃げられた」とリックは言った。「町の反対側の工業団地まで行った。十五キロは軽く走ったな。どこにもいなかった」

「チキン野郎が」とウェズリーは言った。チャドもそんな意味のことをブツブツ言った。

「どうでもいいさ」とリックは言った。すっくと立ち上がって、脇腹の痛みを揉んだ。「ビールをさっさと飲むから、もういっぺんクジ引いて、やっちまおう」

「もうストローなんかやめてさ、誰が次やるか決めようぜ」ウェズリーは俺をまじまじと見ていた。

「ビビるやつが出てくる前にな」

リックはビール缶を開けて、ぐびぐび飲んだ。「やっぱやめるって？」と俺に訊いた。

俺はあいつをちょっと見つめて、なにくそって思った。どっちにしたって、結局死ぬことに変わりはないんだ。「おう。そうさ」と俺は言った。

「もういっぺん話するか？」

「どうせ同じことだろ？」

あいつはため息をついた。「そうだろうな。でも話し合っとこうぜ。外で」

俺はリックについて玄関からポーチに出ていって、リバイバルで流行っていた重機操縦者用ベルトバックルにカチンカチンと銃尻が当たる音は無視しようとした。リックはコールを指した。月明かりのなか座ったまま冷たくなっていて、かすかにウンコの臭いがしていた。

「こいつ自分でやったのか？」

「そうさ」

「いいやつだったな。最後まで気合い入ってた」

「どうかな」と俺は言った。「惨めでビビッてたんだろ。俺たちみたいに」

「それと、退屈してたか」

「それもあるよな」

俺たちはしばらく黙っていた。そして、リックが口を開いた。「俺が狂ってることはもうお互いわかってるよな？　それは納得だよな？」

俺はあいつのウェストバンドを見た。「引っかけ問題か？」

「違う」

「オーケー。じゃあ言おう。お前は狂ってるとも。悪く思うなよ。まだ仲間だし、大好きさ。でもどうしようもなく狂ってる」

リックは悲しげに微笑んだ。「だよな。でもお前がわかってないのはさ、こんなことになるずっと前から俺は狂ってたってことなんだ。はっきり言うと、去年の秋の新学期。あのとき、俺は人殺しがしたいんだって気がついた」

俺は黙っていた。

「週末にキャンプ行かないかって大学の二人に誘われてさ。俺は有機化学の勉強を始めたとこで、山ほど課題図書があったから、行くべきかどうか部屋で悩んでた。ハイネケンの黒を飲んでた。はっきり覚えてる。ブラインドから光が入ってて、廊下の反対側にいるやつらが吸ってるマリファナとお香の匂いがしてた。てわけで、俺は三百ページの課題かキャンプか、どっちにしようか考えてた。そのときふと頭に浮かんだんだ。山で誰も見てないんだから、あいつらを殺すなんて簡単だろうなって。俺の目の前には授業のシラバスがあったけど、見えてたのは、その二人がノドかっ切られて木の根元に転がってるってとこだった。理由なんか何もなかった。その二人のことは好きだった。キャンパスでよく一緒だったし、一緒に筋トレして、飲んでた。どういうことかわかるか？」

俺は頷いた。

「それからはさ、時間通りに教室行ってがっつり勉強して、バイトしてビール代稼ぐのなんて、全然無意味に思えた。どう言ったって、そんな人間じゃなくなったんだ。一瞬で変わった。おまけにひどくなった。女の子を部屋に連れ込んで、肩を撫でてうなじにキスしてるときでも、首を絞める想像してた。その恐怖がわかるか？　変に聞こえるだろうけどさ、どれくらいがっくりくるかわかるか？　俺は普通の十九歳になりたくて、知り合ったばっかのかわいくて優しい子とセックスして、匂い嗅いで、唇に浮いてる汗を舐めたいだけだってのに、その真っ最中であれこれやってるとこでも、彼女を殺すことしか頭に浮かばないんだ」

俺は頷いた。俺も同じことをしていたからだ――パーティーから女の子を持ち帰りして、セックスして、日光を顔に浴びて目を覚まして、幸せで疲れきって、未来にわくわくするっていう気分を味わった。すばらしい気分だったし、それを味わえないなんて最低だろう。

「だから、次の年はぜんぶ上っ面だけで済ませた」とリックは言った。「学校も、バイトも、仲間も女の子も。ビビッてて、吐きそうで、殺したくて、どうにか抑えてた。オープンサーキットみたいなもんでさ、かわそうとしてても向こうからどんどん来るんだ。まともなふりしてて、実際まともに見えたら、みんな寄ってくるんだなってわかったよ。法律なんて全部後出しじゃんけんなんだって思った。そんな調子だったから、神は死んだって言われてメチャクチャになったときは、俺には逆に神の賜物に思えたよ。自分の恐ろしさを自覚してたからな。時計台に登ったりマクドナルドに入っていって銃を乱射したやつらの気持ちがわかった。犯罪現場で突っ立って、どうして、どうしてって泣いてるような連中よりも、よっぽど身近に思えた。だって、どうしても何も、理由なんかないんだって俺はわかってたからだ。衝動があって、行動がある。それだけなんだ」

あいつの話を聞いていたまさにそのとき、俺は、リックが言っていたような、唐突で後戻りできない衝動を感じた。俺の年代風に言えば、俺は完全にプッツン来てしまった。こんなくだらない出来損ないの人生なんか終わりにしてもらいたかった。母さんは死んで、希望は全部ズタズタにされて、一番の親友はと言えば、どうしてこんな化け物になったのかまるでわかっていない鬱々とした異常者だった。

「ようやく誰かに打ち明けられてスッキリした」とリックは言った。「ていうか、誰でもいいってわけじゃなくてさ。お前が相手でよかったよ。神に感謝ってとこだ」

「神ね。お笑いだよな」と俺は言った。

リックはかがんできて、俺の顔をじっと見た。「泣いてんのか？」

「気にすんな」と俺は言った。「済ましちまおうぜ」

ウェズリーが次のペアの片方になるって言い張ったから、俺たちはその相方を決めるクジを引いて、チャドが一番短いストローに当たった。二人は居間で決闘の体勢になって、一、二の三で躊躇いなく引き金を引いた。そのころには、さっさとやるぞっていう薄気味悪い雰囲気になっていて、俺たちは煙が薄まるのも待たずに死体を引きずり出した。外まで運び出すのも面倒くさくなって、ウェズリーとチャドの足首をつかんで引きずっていって玄関に放置して、屠畜されたばかりの豚みたいに、スレートのタイルに血が流れるままにした。

二人はお互いを撃った直後に転倒して痙攣したから、どっちかがコーヒーテーブルを引っくり返して、ストローが色も粘りけも糖蜜そっくりの血溜まりの中に落ちてほとんど見えなくなっていた。どのみちもう四人しか残っていなかったから、リックは強権発動して、もういい俺が決めた、次はお前らだ、とアレンとジャックに言った。二人に異論はなかった。せかされるまでもなく、二人は部屋の中央に出て、床からピストルを拾って合図を待った。

一……二……三。

また、閃光と轟音。何やら温かく湿ったものが、強風にあおられた雨粒みたいに俺の顔を直撃した。アレンに近すぎるところにいたせいで、俺の耳はノートルダムの鐘みたいにガンガン鳴っていたが、信じられないといった口調で「あの野郎」と呟くリックの声がかろうじて聞き取れた——入口に並んで立っているレオと警官の姿が、煙越しに見えた。

警官は公用の拳銃を抜いて、俺たちのほうに向けていた。一週間分の無精ひげの下の顔は、俺たちと同じくらいぽっちゃりしていてすべすべで、この状況を理解しようとしている目は恐怖と不安の色を浮かべていた。制服は皺くちゃ、青いシャツは裾を出したまま、腋の下には濃い染みができていて、バッジがないのが目についた。そいつの両手が震えていて、養成学校で教わったやり方でどうにか威厳を出そうとしているのが、部屋の反対側からでもわかった。

「何をしたんだ、ぼくたち?」とその警官は訊いてきた。

リックは微笑んだ。「あんた何歳? 二十三? 二十四? そんで俺らを『ぼくたち』って言うわけ？」ジャックが使ったピストルを自分の足元から拾い上げようとした。

「やめとけ」警官は拳銃をリックにぴたりと向けた。「おい。やめろ」

リックははったりと踏んでピストルを持ち上げると、腕を伸ばしてがっちり構えた。警官はごくりと唾を飲み込んだ。

「頼むよ、リック」レオが言った。

「何考えてんだ、レオ？　今さら気が変わったのかよ？　いいとも。結局死にたくないって？　そりゃわかる話さ。みんな決めたことは守ったんだからカッコ悪いけどな、わかるよ。そしたらこんなマネしやがって」

レオはえぐっえぐっと息を吸い込んで、むせび泣き始めたから、その場にいた全員が気まずい思いをした。「ごめんよ」とレオは言った。

「おいおい、落ち着けって」とリックは言った。

警官は拳銃を握り直した。「それを捨てろ」とリックに言った。

「一人になりたくないんだ。それだけなんだ」とレオは嗚咽を漏らした。

「なあ、お前のあの逃げっぷりには感動したよ」とリックは言った。「つまりさ、レオ、俺が覚えてるところじゃ初めて、お前も気合い入ってて自分で決断できるんだって見せてくれたわけだろ。ところが戻ってきて、全部台無しだ」

「最終警告だ」と警官は言ったが、さして説得力はなかった。唇を舐めて、「銃を下ろせ」と言った。

リックは警官に視線を戻した。「あんたのほうはさっぱりわからないな。なんでその制服着てんだ？　今さら何守ろうっての？」

「俺にはまだ仕事があるんだ」と警官は言った。「それに、馴れ馴れしい口をきくな。俺はお前より二、三歳上くらいかもしれないが、それでも年上だし、法の番人でもある。だから、しかるべき敬意を払って、俺のことは『サー』か『ベイツ巡査』と呼んでもらおう。それから、その銃を下ろしてもらおうか」

「ボーイスカウト野郎め」とリックは言った。「じゃさ、こうしようか。どっちにしたって俺は今晩死ぬんだ。あんたに撃たれようと、ここにいるダチに撃たれようと、どっちだって変わりないさ」

「お前のゲームには乗らないぞ」と警官は言った。

「残念なお知らせがあるんだけどさ、ベイツ巡査、あんたはもう乗ってんだよ」とリックは言った。「ルールはマジで簡単。三つ数えるから、『三』でお互いを撃つ。わかったか？」

警官はズボンで片手を拭って、何も言わなかった。

レオは俺のほうを見た。「頼むって」と言った。

俺は肩をすくめた。

リックが「二」と言ったところで、警官はリックの肩を撃った。その衝撃であいつは左に九十度回転したが、倒れはせずに、また狙いをつけた。パニックになった警官の二発目は高く外れて、その直後にそいつの喉から血と軟骨が飛び散った。詰まったプールのフィルターみたいなゴボゴボという音を出しながら、警官は倒れた。

レオはのたうつ警官から飛びのいて、隅で縮こまった。

「リック、大丈夫か?」とレオは訊いた。

リックは肩の傷を調べながら顔をしかめていた。「もう行けって、レオ」

「ごめんよ。本当にごめん。俺はさ――」

リックは真上にピストルを向けて、二発撃った。二発目の銃声が薄れるころには、レオは夜のなかに姿を消していた。

リックは床に座り込んで、ソファの肘掛けにもたれかかった。髪には天井の漆喰の黄色っぽいかけらが点々と付いていた。一メートルも離れていないところで、警官が弱々しく痙攣して、最後の、湿った、ヒューッという息を喉の穴から吐き出して、動かなくなった。

俺はソファにどっかりと座り込んで、頭を後ろに預けて、天井に開いた二つの穴をじっと見上げた。「なんで逃がしたんだ?」俺は訊いた。

リックは片側に頭を向けて、床に唾を吐いた。「変なんだけどさ、怒ってるときは殺したくなくなるんだよな。なんでかな。そういうときこそ誰かを殺《や》ってしまいたくなるはずだって思うだろ」

「そうだよな」と俺は言った。

「クソッ」リックは言った。「痛えな」

君らはもう、俺がやり遂げられなかったに違いないと思ってるんだろうな。だからこの通り、俺は君らにこの話を過去形で披露している。つまり、リックが出血多量でぐったりしてから俺はこっそりと出ていったか、リックにとどめを刺してレオを追って出ていったのか、どっちかだろうということになる。俺は心変わりして約束を破って、ビビッて逃げたに違いないと。

でも、そうじゃない。俺はやり抜いた。賛成したことは守った。

じゃあどういうわけで、俺はまだ生きていて、ＣＡＰＡがかつての世界のそれなりの複製程度にまで再生させた世界で、中年も終わりに差しかかっているということになるのか？　共同で設立したデザイン会社で九時から好きなだけ働いて、妻と十代の娘がいて、最新モデルのスポーツカーを持っていて、ゴルフのハンデは三で、洗面台の鏡をじっと見ると、かつての少年の面影がどんどん薄れていくという身になっているのか？

ちょっと考えてみればわかる話だ。その晩俺たちが使ったピストル、リックの父親が持っていた五十口径のデザートイーグルＸＩＸのペアセットには、それぞれ七発入りの挿弾子があった。そして片方のピストルは、四発多く使っていた――コールが一発、リックが警官を殺して、レオを追い払ったときに三発。だから、俺とリックが床に座って仲間の血にまみれていて、リックが俺の首の後ろに片手を置いて、額と額を合わせて、もう忘れかけていた小さいころのあだ名で俺を呼んだとき、片方の銃は空で、もう片方、俺の震える手にあった銃には、まだ四発が残っていた。

偽りの偶像

あなたには、わたしをおいてほかに神があってはならない。

――出エジプト記　第20章3節

ミセス・デルシモニアンは私の向かいに座っている。両拳を強く握りしめているせいで、手に赤と白の斑点が交互に浮き出ていて、抗議の気持ちを表している。一般的に言えば、父親よりも母親のほうが辛い思いをするものだが、ミセス・デルシモニアンはとりわけ辛い時間を過ごしている。彼女の神経質な性格のせいでもあるし、アルメニア系アメリカ人の育児方針が、溺愛と甘やかしを良しとしているせいでもある。彼女は汗ばんでいる。両手は膝元で震えている。リップバームを幾度となく塗って、派手にきらめかせているため、オフィス全体にイチゴのような匂いがするくらいだ。

今日の課題は「錯覚除去」。初歩的なものではあるが、ミセス・デルシモニアンと二年間セッションを重ねてきて、結果は一進一退といったところだ。学んだレッスンの強化が不十分だったことがその原因だ。そこで、私たちはしじゅう簡単なステップをやり直している。

「ミセス・デルシモニアン」と私は言う。「さあ、いいですよ。息子さんがどんなにすばらしい子か言ってみて」

彼女は私と目を合わせようとしない。怯えたリスのように、その視線は息子のリーヴォンのほうに向く。リーヴォンは窓際にあるケージの中で座っていて、午後の日差しを受け、塗り絵の本とクレヨンセットで嬉しそうに遊んでいる。

「リーヴォンに問題はありませんよ」私は優しいが決然とした声を使う。「確かに、あのウサギの絵はひどい出来です。毛の色をパステルグリーンにしているし、線からはみ出しています。でも問題ありません。さあ言ってみて、あの子のどこがそんなに特別なんです？」

彼女は私のほうに視線を戻すが、後ろの壁を見据える。「わたしを言い負かそうってんでしょ」と言う。「どうせわたしが間違ってるんだから」

「そういう手順なんですよ」と私は言う。「ミセス・デルシモニアン、あなたのためなんです。みんなのため、特にリーヴォンのためでもある。わかっているでしょう」

彼女は震える息を深く吸い込み、両目を閉じて、片手を口に当てる。「今日はできるかどうか」指越しに彼女は言う。「ここに来る前に怖い思いをして、まだ動転してるの」

「その話をしましょう」と私は言う。

彼女はまた目を開ける。視線は私の後ろの壁にかかっている標示に止まる。刺繍された装飾文字で、児童崇拝予防局《CAPA》のスローガンが書かれている――「子どもたち　他のみんなと変わらない　勝者はわずかで　あとは負け組」

「コーヒーを買いにお店に寄ったのよ」と彼女は言う。「起きたときにはもう八時十五分前だったし、リーヴォンは月曜の朝には八時半から水泳教室があるから、朝食は飛ばしたの」

「それです」と私は口を挟む。「三歳児のための水泳教室ですって？　三歳児には教室なんか必要ないんですよ。裏庭の水溜まりでバシャバシャしていればいいんだ」

今度は、彼女は私をまじまじと見つめてくる。リーヴォンにチェーンソーを渡して遊ばせろ、と言われたような表情だ。

「水溜まりがどんなに危険かわかってるの？」と彼女は訊ねてくる。「本当に病原菌だらけなのよ。つい先週だって、フロリダで男の子が洪水の水で泳いだあとに死んじゃったわ。レプトスピラ症よ」

最近の親にはありがちなことだが、ミセス・デルシモニアンは、息子の死をもたらしそうなものについて、その名前も詳しい情報もすべて知ることに精を出している。

だが、私はその切り返しをはねのける。「先ほどの話を続けて。今朝、コーヒーを買おうとしていたわけですね」

「あら、もう」また口に手がさっと当てられる。「考えただけで、また震えてしまうわ」

彼女はまた黙り込む。私は待つ。彼女は私を見て、目を逸らし、話を続ける。

「だからわたしは車を出て、リーヴォンのためにエンジンは切らずに空調をつけておいたの。いつもなら絶対に、絶対に車に一人で置いていくなんてことはしないのよ。でも、ほんの三十秒店に入るだけだし、わざわざあの子の防火ポッドのハッチを開けて、シートベルトを全部外してヘルメットを取ることもないかと思って。特にあの子はヘルメットが嫌いで嫌いで、わたしがヘルメットを持ってくるたびに泣いて大騒ぎになるんだもの。だから車をロックして、エンジンはかけたままにして、コーヒーを買いに行ったの。でも出てきてみたら、スペアキーを家に置いてきたことに気づいたのよ。

「わたし泣き出しちゃって」と彼女は言い、その目に真新しい涙が浮かぶ。「オペレーターに電話して、車のドアロックを解除するシグナルを発信してもらおうとしたの。でも泣きじゃくってしまったから、彼女にはわたしの言ってることが理解できなくて、そんなことしてる間も、リーヴォンは中に閉じ込められてて、すぐ近くにいるのに触ることも抱いてあげることもできなくって。わたしが動転してるのを見て、あの子まで泣き出しちゃったの。そのうちに、オペレーターもわたしの言いたいことがだいたいわかって、ドアロックを解除してくれたのよ。でもその前に警察と消防に通報してしまったから、みんな出てきてしまったの。警官が二人でしょ、救急車でしょ、消防車まで来たわ。もう本当に最悪の気分だったのよ。息子を危険な目に遭わせて、こんな優しい人たちに迷惑かけて。それもこれも、コーヒーを一杯飲みたかっただけなのよ。しかも、パニックを起こしたときにコップを道路に落としちゃって、結局一口も飲まずじまい」

私はデスクにある箱からティッシュを一枚取って、ミセス・デルシモニアンに渡す。

「まだ落ち込んでるの」と彼女は目頭を押さえ、鼻を啜る。

私はこう指摘しようかと考える。リーヴォンはまったく危険な目に遭ってはいないのだし、救急サービスの目的とはまさに困った人々に迷惑をかけられることにあるのだし、そもそも息子から三十秒目を離したくらいは、許し難い罪でも何でもないのだ、と。

だが、私はこう言う。「ミセス・デルシモニアン。息子さんがどんなにすばらしい子か言ってみてください」

彼女は喉が詰まったような、不満げな音を立てて、ティッシュを膝に落として言う。「本当に、本当に頭の良い子なの。そうでしょ？」

「違う！」私は拳を机に叩きつける。「最新のウェクスラー式幼稚園児知能検査では、リーヴォンの得点は九十二点。つまり、アメリカ人児童の中央値からまったく外れてはいない。過去七回の検査結果を見ても、彼の最高スコアは九十八点止まりです。私たちの多くと同じように、リーヴォンも、人類の知を進歩させる少数の人間に頼って生きていくしかない。引っ張っていく側ではなく、お荷物としてね」

ミセス・デルシモニアンは私を意地悪な目で見る。「自分のことは棚に上げて。何様よ」

私は椅子にもたれて、髪を撫でつける。「お力になりたいだけですよ」


ウォータータウン及び周辺地域を担当する児童崇拝予防局の精神科医たる私は、ケネベック郡で最も重要で、かつ最も嫌われている人間だ。重要だというのは、私がいなければ、この地区はほんの二年前に私が赴任する前まではびこっていた児童崇拝という無秩序状態に逆戻りしてしまうだろうからだ。嫌われているというのは、子どものありのままの姿を直視することを、私が人々に強制しているからだ。欠点だらけで、死ぬ運命であり、基本的には役立たずな存在としての子どもの姿を。

地域担当の精神科医になる前は、ささやかな開業医だった。私には妻がいて、子どもも生まれる予定だった。医学部時代にどしどし借りた金を少しずつ返していた。万事は順調だった。世の中には楽観的なムードが満ちていた。私は人々の助けになり、喜ばれ、感謝された。彼らは各種の恐怖症や性的不能や自殺願望を抱えてやってきて、私はその面倒を見た。本当に面倒を見たのだ。仕事以上のもの、人生そのものだった。保険のない患者も引き受けたし、毎日十六時間働き、自腹で緊急ホットラインを自宅に設置して、必要があればいつでも連絡を受けられるようにした。美しき妻のローラは妊娠していて、私を愛していた。私の活動が正しいと信じてくれていた。これから家庭を築こうとしていた。

だが、当時は厳しい時期で、十年に及ぶ不況と、それに伴う社会の病理がようやく終わろうかというころだった。膨大な失業者、麻薬乱用や家庭内暴力や盗難の増加、人種暴動に労働争議。そして今ではすっかり有名になった、怒れる湾岸戦争退役兵たちによるクリーブランド復員兵医療センター占拠事件。組織立った、暴力的な蜂起だった。

そして、神がスーダンで死んでいたことが世界に知れ渡った。突き止められたところでは、神は生身の人間の姿を纏い、スーダンのイスラム系政府と南部のキリスト教系ヌエル族の紛争をじかに観察していた。ヌエル族の難民たちとともにケニアに逃れる途中、神は地雷原の境界に設けられた有刺鉄線のフェンスに引っかかってしまった。一緒にいた人々は神を助け出そうとしたが、政府の戦闘機からの爆弾が降り注いできたせいで、あきらめて置き去りにするほかなかった。国境の町カポエタにほど近い場所で神は死に、盗賊たちに身ぐるみ剝がれ、赤道の太陽に焼かれた。

神の死は何千という死の一つにすぎなかった。野生化した犬たちがその死体を食べて、突然ギリシャ語とヘブライ語をごちゃ混ぜで話すようになり、ガラスの上を動くような調子で白ナイル川の水面をすたすたと歩いていなかったら、その死は誰にも気づかれなかっただろう。

当然ながら、神の死というニュースは世界に鉄槌の一撃のごとき衝撃をもたらした。まずはパニックの波。ついで社会不安、そして広範な悪行が地球を駆け巡った。戒厳令が発令され、アメリカのすべての都市に州兵が常駐するようになった。修道女や聖職者の自殺が蔓延するようになり、同様に、リトルデビーのスナックケーキのような懐かしの味を求めた店の略奪も頻発した。私も含めて多くの人々は、終わりの日が近いのだと信じた。しばらくの間、私たちは自宅に身を潜め、体を丸めて縮み上がり、今にも体が破裂するか、存在がプツッと消えてしまうのだと思い込んでいた。

それから、奇妙なことが起こった——何も起きなかったのだ。私たちも次第に気がつき始めた。朝にはまだ日が昇っているし、夜には沈む。潮は予定通りに満ち引きしているし、私たち自身も知り合いも、だいたいのところみんな生きていて、息をしている。ニュースキャスターたちや自称専門家たちはあれやこれやと議論していたが、多くの人々はおよそのところを直観的に把握していた。神は宇宙を創り出して回転させたが、もういなくなってしまい、物事を筋道立ててくれはしない。それにもめげず、宇宙はぐるぐる回り続けるのだ。

隠れていた人々は出てきて、それまでの生活に戻った。州兵による戒厳令は解除された。私とローラは安堵のため息をついて、赤ん坊の誕生に向けての準備を再開し、名前の候補を追加し、子ども部屋の壁紙の値段を調べ、メリーやロンパースを買った。しばらくの間、目につく変化と言えば、日曜日にすることがなくなったくらいだった。

それから、本当の問題が発生した。私の患者たちにそれは明らかだった。神の死去がもたらした精神的な虚無感だ。そこかしこで、人々はここに来て寄る辺ない身となってしまった自分たちの信仰心をどこに向けたものかと右往左往していた。不可知論者は無神論者に合流して、科学に金をつぎ込んだが、例のごとく、彼らはほんの少数にすぎなかった。アフリカ大陸の大部分も含めた多くの人々は、神の肉にありついた犬たちを祀る神殿や教会を築き、発音通りに書き写された吠え声や鳴き声のみで構成された聖歌を歌った。そして、この国のルイジアナ州、アチャファラヤ盆地の湿地で花開いたカオスに、「ザ・チャイルド」という生身の伝道者が現れた。「ザ・チャイルド」とは名前の通り、三歳かそこらの男の子だった。高貴にして完全無欠、ココア色の肌と、オックスフォード英語辞典を飲み込んだに違いないと思うほど豊かな語彙の持ち主だった。まずは町の庁舎やオペラ劇場で、のちに名声が高まってからはアリーナや野球のスタジアムで発せられたそのメッセージは、単純そのものだった――**神はわれらを見捨てたもうた。救われる道は、子どもにある。**

もちろん、その「子ども」とは、あらゆる子どものことだった。

すでに子ども崇拝の一歩手前のところまで来ていたアメリカは、その言葉に飛びついた。じきに、精神医学の歴史上でも類を見ない現象が現れた。社会経済的な不安定さという打撃を受け、核の傘はまだ頭上にあっても、守ってくれるはずの神がいなくなってしまった大人たちは、自分たちの子どもに癒しと導きを求めたのだ。

この奇妙な行動が大々的に報じられる前から、精神科医たる私はその兆しを見て取っていた。無料で診察していた失業中のシングルファーザー、リッキー・マシスは、請求書をすべて払えるだけの収入がなかったため、どれを支払うべきか悩んでいた――

「だから実のところさ、優先順位ってものが必要なんだよな」と彼は私に言った。「最初はさ、そんなの楽勝なんだ。テレビを買い替えるか、電気代を払うかどっちなんだって言ったら、どう考えたって電気代を払うだろ。阿呆でもわかる話さ。でもさ、今俺が決めなくちゃなんないのは、今週は食料を買い込むか、それともその百ドルで車を修理して、仕事を探しに回れるようにするか、どっちなんだってことなんだ」

「それは難しい選択だね」と私も頷いた。「どう思うんだい？」

「わからないな。どこに金を使ったらいいか、ブーちゃんに訊いてみたよ」ブーちゃんとは、四歳になる息子のリッキー・ジュニアのことだった。「ボードゲームを十セット買ったらいいんだってさ」

「そりゃかわいいな」と私は言った。「もちろん、それが子どもの役得なんだけれどね。難しい判断はしなくていい立場だ」

「そいつはどうかな、先生」とリッキーは言った。「ブーちゃんは本当に賢い子でさ。超賢いんだよ。それにこんなことでクヨクヨ悩むのはもううんざりなんだ。ボードゲームにしようかって思ってる」

――事態は急速に悪化した。神の仕事にはむらが多かったし、そもそも死んでしまった今となっては、もう用無しだった。わかりやすく、罪を知らず、死ぬほどかわいい子どもたちの出番だ。やがては、それは二段構えの危機へと発展した。成人の大多数はさほど深刻でない層に属していて、神が死ぬ前に子どもをかわいがっていた行動からさほどの変化を見せなかった。癇癪を起こしても大目に見て、笑みを浮かべて見守ることすらあった。切り取られたパンの耳と食べ残しの野菜で、ゴミ処理場は溢れ返った。トイザラスのシェアは三週間で九〇%に達した。これによる最も深刻な影響は、生産性の緩やかな低下だった。通常は会社のデスクやホテルのフロントの後ろで働いているはずの時間が、遊戯場や地元のふれあい動物園で浪費されることになったせいだ。大々的に介入せずともこの問題は対処可能だったが、より小規模ながら、はるかに深刻な層が存在した。

これに相当する親たちは、この国でも伝統的に厚い信仰心を保持してきた人々だった。深南部、北東部の田園地帯、ユタ州。これらの土地では、児童崇拝への移行は活発かつ圧倒的だった。まずは私とローラがそれを目の当たりにした。成人の七〇％が仕事を放棄し、何週間も同じアニメ番組を見続けて、ゲームボーイに夢中になり、果てはグリルチーズのサンドイッチやらピーナツバターとジャムのサンドやらチョコチップクッキーやらを一緒に食べ始めた。社会の基盤となるインフラは機能不全に陥った。病院に搬送してくれる救急救命士はおらず、病院にたどり着いても医師がおらず、人々は路上で死んでいった。

再び州兵が動員されたが、いざ到着してもさしたることはできず、当該地域への人の出入りを規制することくらいだった。州兵たちが訓練されてきた役割――取り締まりの任務や暴動の鎮圧など――は必要とされてはおらず、銃口を向けても、人々が子どもと過ごすことをやめさせられるわけではなかった。新しい、より優れた解決策を練らねばならなかった。

じきに知らせが届いた。連邦緊急事態管理庁が不特定の情報機関と連携して、精神医学の専門家による緊急会合をワシントンDCで開くというのだ。私たちの赤ん坊の未来のため、私は行かねばならなかった。登山靴を棚から取り出し、無人のセブンイレブンから取ってきたスープ缶やターキーのジャーキーをバックパックに詰め込んだ。私もローラも泣いた。

「あなたは正しいことをしてるのよ」と彼女は言った。

私は彼女を抱き寄せ、その腹を体で感じた。「こんな決断をしなくちゃならないなんて、神を恨みたい気分だ。でも、わかってくれるね」

「もう行って」と彼女は言い、そっと私を押した。丸い腹の上で指を組んで、微笑んだ。「わたしたちは待ってるわ」

彼女の言った通りだった。三カ月後、陸軍の偵察部隊と、トラックに満載した抗精神病薬、それに政府の無慈悲かつ効果的な治療計画を従えて私がワシントンＤＣから戻ってきたとき、ローラと、彼女が命を捨てて産んだ息子は、キッチンの床で一緒に丸まっていて、私に埋葬されるのを待っていた。


ミセス・デルシモニアンは今日最後の患者だ。彼女がいなくなると、私はそのファイルにどうでもいい書き込みをして、オフィスを戸締まりし、外に向かう。ジェフ・ポーケットが私のセリカのトランクに腰掛けている。トレードマークであるフランネルの仕事用シャツの袖をまくり上げていて、毛深く筋肉質の腕が見えている。トラクター用品店の野球帽のつばの下から、私を睨みつけている。

「連中ときた日にゃ、今回は本気で壊しにきたみたいだな」彼は駐車場の反対側にいる私に声をかける。

私たちはこのささやかなゲームを続けている。毎日、私がオフィスにいる間に、ジェフは私の車を痛めつける。そして他人がやったというふりをする。私も彼が犯人だとは気づいていないふりをする。破損がひどいのはたいてい水曜日、つまりジェフと私の強制的なセッションのあとだが、今回は群を抜いている。右のリアタイヤは外輪まで切られてぺしゃんこになっている。ジェフはわざわざ道路標識を引き抜いてきて、運転席側のウィンドウを叩き割っていた。近づいていくと、その標識がウィンドウから突き出ていて、私に「止まれ」と指示している。

私はブリーフケースを地面に置き、標識を引き抜く。「今日の連中は特に怒っていたんだろうな」とジェフに言う。

「そうなんだろうな、あの連中」と彼も同意する。

「どうしてかな」と私は言う。「今日彼らを怒らせるようなことをしたのかな。手伝ってもらっても？　トランクからスペアタイヤを出さないと」

ジェフはゆっくりと時間をかけて立ち上がる。「それについちゃ俺なりに説明できるかもな」と彼は言う。「あんたのためにちょいと説明してやれるかもな。でも俺はあんたに言われた通り、息子が二人そろってどれだけ出来の悪い子か、一日中考えてたんだ」

私はジャッキとタイヤレバーとスペアタイヤをトランクから取り出す。「ジェフ、息子さんたちは出来が悪いわけじゃない。普通なだけだよ。平均的な子だ」

厳密に言えば、それは正しくない。下の息子のエイブは、プロを目指せそうなほどの速球の持ち主だ。驚異的なほど心優しい子でもある。テレビのCMを見て涙を流すし、思春期の少年にはたいてい見られる、カエルや虫への残忍さという傾向はまったくない。だが、口唇裂があるので、父親とのセッションで私はもっぱらそこを攻めている。

ジェフは私の作業を見守る。「なあ」としばらくして言う。「あんたの車の問題は悪化してる。警察に通報したほうがいいよ、あんた」

私は最後のラグナットをしっかりと締めて、彼を見上げる。「警察が何もしてくれないことはお互い知ってるじゃないか。警察もみんなと同じく私を嫌っているからね。君と同じくらい私を憎んでいる」

ジェフは初めて笑みを見せる。「いいや。このへんで俺ほどあんたを憎んでる人間はいないよ、俺ほどね」

「それはどうだろうな。先週、二回連続でセッションに来なかったレジー・ブーチャーを刑務所行きにしたよ。私を憎んでいるってことにかけては君に負けていないんじゃないかな」私は道具をトランクに戻して、バタンと蓋を閉める。「ジェフ、他には何かあるかな？　話したいことは？」

「いや、そんなとこだな」と彼は言う。「もう家に帰んなくちゃな、俺は。感謝のかけらもない寄生虫の息子どもに飯を食わさなきゃ」

「じゃあおやすみ」と私は言う。だが、彼がまだ立ち去らないことはわかっているし、実際彼は動かない。私が車の中からガラスの破片を払いのけて、エンジンをかける間、彼はトラックに乗り込んだまま待っている。そして、私の家までずっとついてきて、ぴったりと後ろにつき、クラクションをがなり立てる。私が自宅の車寄せにたどり着いて門を入ると、彼はアクセルを踏み込んで、轟音とともに走り去る。

私は円環状になっている車寄せに停めて、歩いてガレージに入る。三メートルの壁に囲まれているので、ジェフだろうが誰だろうが入ってはこれないが、それでも私はジャガーの埃よけカバーを上げて、ほんの少しの悪意でも示すものはないかと確かめる。何も見つからなかったので、私は後ろの壁に積み上げてある新品タイヤの山から一つ取り出し、セリカまで持っていって、トランクの中に三つあるタイヤの横に並べる。

そして家に入り、セキュリティー用のキーパッドに暗証番号を打ち込み、ドアに三重のロックをかけ、動作センサーが自動的にリセットされる前に走って地下に下りる。

セリアが遊戯室のカウチに座っていて、テレビで人々が賞金を目指して牛の眼球を食べている番組を見ている。町には、子どもとまったく関わりのない人間が五人いる。ありがたいことに、セリアもその一人だ。

「おかえり」と彼女は言う。「今日の被害はどう？」

「タイヤ一本がぺしゃんこさ」と私は言う。「運転席側のウィンドウは割られた」

「あらあら」

「ジェフはどんどんエスカレートしてるよ」

「残酷な男よ」とセリアは言う。「血も涙もないわ」

「君のママは？」

「変わりなしよ。今日わたしがバスルームから出てきたら、強盗だと勘違いしてたわ。それに、まだわたしのことをベティーって呼ぶの」

「郵便は？」

「いつもと同じ。クーポンと、脅迫状が十通くらい」

私は靴を蹴って脱いで、彼女のそばににじり寄る。「本当に、この町で一番毛嫌いされている男と付き合っていたいかい？」

「悪くないわよ。こそこそ行動すること以外はね」彼女は言う。「やっちゃいましょ、カウボーイさん。またママがトイレの水でマティーニをこしらえる前に帰らなきゃ」

私たちはお互いの服を脱がせる。セリアは避妊具を付けて、殺精子発泡剤を三回分飲む。私はコンドームを二重にする。明かりを暗くする。素敵だ。

それが終わると、彼女は私の額と手にキスをして、晩ご飯を仕入れてきてほしいかと訊ねる。セリアがいないときは、私は車で百キロ先まで行って、郡の境界を越えたドーヴァー市にあるスーパーで買い物をせねばならない。ここでは誰も私に食べ物を売ってくれないからだ。だが、今夜はスパナコピータが冷蔵庫に半パックあるし、フライドポテトもある。大丈夫だよ、と私は言う。

「勝手口から出たほうがいいよ」と私は言う。地下室から伸びている地下トンネルのことだ。トンネルは二ブロック離れた〈マリブ日焼けサロン〉の裏の路地に通じていて、セリアはそこに車を停めている。

「もう辞めればいいのに」と彼女は言って、ジャケットを羽織る。「六カ月もすれば、みんなあなたのことをそんなに憎まなくなるかもしれないわ。そうすれば、普通のカップルみたいに一緒にいられるのに。〈プリーモズ〉でディナーにするとか。映画一本観るためにニューハンプシャーまでドライブせずに済むかもよ」

「辞めるわけにはいかないんだよ。君だってママの世話をやめるわけにはいかないだろ。同じさ。ここの人たちには私が必要なんだ」

「ここの人たちが何よ。そりゃ誰かは必要だわ。別にあなたじゃなきゃだめってわけじゃないでしょ。他にも児童崇拝予防精神科医はいるじゃない」

私は笑う。「みんなが我先に欲しがるような仕事じゃないよ」

「わかったわかった」と彼女は言い、コーヒーテーブルにあるハンドバッグをつかむ。最後に、私に軽くキスをする。「じゃあね。あなたはわたしのナンバーワンの殉教者よ」

私は彼女がトンネルの入口へと姿を消すまで見守り、考える――君だって同じようなもんだよ、ママが君の首に鉛の救命具のようにぶら下がってるだろ。でも文句を言うのはお門違いというものだ。彼女にも言ったことがあるが、大人としての人生とはつまるところ、ぶつくさ文句は言いつつも、逃げ出したくなる気持ちをどうにか抑えて、やらねばならないことを続けていくことに尽きるからだ。セリアには母親。私には、この町と住人たち。

だが、こうした嫌な仕事を着実にこなし、前進し続けようと思えば、ときおり自分へのご褒美というものが必要になる。私だってそうだ。そこで、私はセリアがいなくなったと確信するまで待って、ベッドルームに行って金庫を開け、我がコレクションを取り出す。ビンテージもの、そして言うまでもなく非合法の、子ども服のカタログの数々だ。全部で四十八冊。新聞の折り込み広告程度のものから、コレクションの目玉たる『ベストドレッサー・キッズ』の堂々七百ページの大作――大人たちがこぞって子ども狂になる前のクリスマスまで遡るものだ――までもカバーしている。もちろん、今ではこうしたカタログについては製造も流通も所有も厳しく禁止されているが、児童崇拝予防精神科医として稼いでいる金で、私は昨年いとも簡単に（もちろん注意深く）五十点近くのカタログをそれぞれ別のルートで入手することができた。ほとんどは、子どもの画像を規制する法律が無いに等しいスカンジナヴィアからのものだ。そのため、モデルはおしなべてブロンドで青い目だが、気にはならない。子どもは子どもだ。

　私は床に座って、目の前にコレクションを広げる。まずは表紙の写真をじっくり味わう。小さな手足、ぱりっとした新作のパーカ、しゃれたデニムのオーバーオール、笑顔からのぞく乳歯。それからカタログを集めて積み重ね、一つ一つめくっていく。お気に入りのページにはすべて付箋で印を付けている。どれも男の子で、それぞれに名前とストーリーがあり、幸せな話ばかりだ。私は微笑み、正常な生活と自然素材の繊維を大いに楽しむその子たちと幸せを分かち合う。ときには、感動のあまりちょっと泣いてしまう。

　だが、私が自分に許す幻想はそこまでだ。ときに誘惑に駆られることはあっても、ローラがまだ生きているようなふりは絶対にしない。間違っても、息子が難産を生き延びて、今や二歳児になっていて、愛らしいよちよち歩きで口をぽかんと開けていて、すぐにけたけた笑い、母親譲りの赤い髪で、マックトラックを妙に気に入っている、などと自分を騙すことはない。何があろうとも、私はソファでごろりと横になってまどろんで、裸足の息子がキッチンの床をぺたぺたと歩いて、埃の塊やマッチボックスカーを追いかけているなどと想像にふけることはしない。さらに言えば、この町は惨めな運命に委ねて、セリアを連れて出て、暖かく正気な土地で自分たちの家庭を築きたいなどと夢見ることもない。ありえない。

　決して、決して、私はそのような出すぎた真似はしない。

だめだ。しばらくして私はカタログをかき集め、金庫に戻して、組み合わせダイヤルを回転させ、階段を上がって、夕食をオーブンに入れる。

翌朝、私は銀行に用事があり、三十分早く家を出る。ケネベック連邦貯蓄銀行の頭取のレスター・ヒックスには六歳の娘がいるので、町にいる他の親や祖父母、名付け親や叔父叔母、兄や姉と同じく、私のことを嫌っているが、私との取引は渋々受け入れている。私にはシエラレオネとガンビアのGNPを合わせたよりも価値がある、という事実が物を言う。

だからと言って、銀行員が愛想良く丁寧に接してくれるかというと、それは別だ。私が列の先頭にやってくると、三人の窓口係は一斉に「休憩中」の札を下げ、姿を消す。私は待つ。列からは不満の声が次々に上がる。窓口係に対してではなく、私に対して。誰かが私の出自に疑問を投げかけ、私が獣姦の産物ではないかと幾分あからさまに言う。別の人が言うには、もし私に子どもがいれば、もっと思いやりがある人間にもなれるのだが、もちろん、それはどう見ても私にはない性的能力を前提にした話なのだそうだ。それが十五分続いたところで、ようやく窓口係が姿を見せて、レスターに小突かれて休憩室から出てくる。声を抑えた、険悪な口調で彼と言い合いをしている。ついにレスターが何度かじゃんけんをさせて、その後、彼女たちは窓口に戻る。負けた女性は頭をがっくりとうなだれている。

用事を終えると、私はドアに向かい、通りから入ってくるセリアと鉢合わせする。

「やあ」次にどういうことになるかも知らず、私は言う。

「うん」と彼女はこっそり言う。そして、声を張り上げて――「どいてよ、このマヌケ！」彼女は気合いを入れて顔を歪め、派手に咳払いをして、私のスポーツコートに痰の塊を吐きかける。

銀行にいる誰もが喝采する。楽しんでいるともすまなさそうとも言える目で、セリアは私を見る。彼女は認めないだろうが、こうして出くわすことは本当に「偶然の」ものなのだろうか。私たちが喧嘩をしたあと、こうした偶然はより頻繁に起こるようだ。セリアの性格からして、ちょっと私を懲らしめるために、こうした人前での衝突を演出しかねない。

その晩、セリカが受けた被害と言えば、ボンネットに赤いペンキがぶちまけられていたくらいだったので、私は早めに家に戻る。セリアの姿はなく、十時過ぎになってようやくやってくる。

「大丈夫かい？」私はトンネルから入ってきた彼女に声をかける。

「ごめん」と彼女は言い、ハンドバッグを床に投げ下ろす。「一日中病院にいたの。銀行に行ってる間に、ママが小屋にある鉢植え用の土を一袋取ってきて、がっつり食べちゃったのよ。テレビの前に陣取って、モグモグ食べながら『お望みプライス』を見てたわ」

「そりゃ気持ち悪いな。でもそんな深刻なことかい？　ただの土だろ」

「違うの。栄養強化されたやつよ。肥料やら化学物質がてんこ盛りだったの。胃洗浄して、木炭を詰め込んでもらったわ。一晩入院になるから、今日は泊まってけるってことが救いね」

「そりゃ最高だな」と私は言うが、毎晩のカタログ鑑賞がお預けになってしまうと知るや、がっかりし、少しパニックにもなる。

セリアはソファの後ろに回り、私の肩を揉む。「だからしばらく病院にいて、ママの髪の毛と爪と入れ歯をしっかり洗ってもらって、靴下を替えてもらって、眠れなくなっちゃうからテレビはつけたままにしてあることを確かめてきたの。それに、病院から出てきたら車のタイヤがパンクしてて、こんなに遅くなっちゃったのよ」

私の耳はそれに反応する。「パンク？　切られてたのか？」

「いいえ」と彼女は言う。「アーボまでレッカー移動してもらったら、トレッドに釘が刺さってたのよ。夏のうちはよくあることなんですって。工事が多いから、そこらじゅうに釘が散らばってるのよ」

「どこかにジェフ・ポーケットがいたりは？」

「言ったでしょ。彼の仕業じゃないわ」彼女は私の肩を強くさする。「そんなに被害妄想にならないで」

「そうだよな、心配ないはずだ」と私は言う。「銀行でのあの剝き出しの憎悪を見たら、私たちが付き合っているとジェフに知られたって、誰も信じないだろうな」

セリアは忍び笑いを軽く抑えようとする。「あれはごめんね。でも、迫力あったでしょ」

「ありすぎたくらいだよ。あのコートはお気に入りだったのに」

「クリーニング代は出したげるわ。それでいい？」

「いくらかかるかって話じゃない。ドーヴァーにあるクリーニング屋まで車で行くことになるんだ」

「もう、そんなのいいじゃない」とセリアは言う。「わたしが持っていくわ。そうするしかないでしょ？　運転してくわ。ちょっとしたドライブになってママには楽しいと思うし」

あとになって、セリアは悪夢を見て目を覚ます。ドーヴァーへ車を走らせていたところ、彼女の母親が私のコートを引ったくって助手席から飛び出し、魚のすり身がどうのこうのと言いながら車道に落ちて転がっていったのだと言う。

「車を止められなかったの」と彼女は言う。「ブレーキを踏んだのよ、でもそのまま走ってた。崇拝税を払って子ども用セーフティーロックを付けてたら、ママは飛び出せなかったのにってことが頭をよぎったわ」

彼女は震えている。

「牛乳でも飲んだら」と私は言う。

「だめ。バーからもうちょっと強いのを飲んでもいいかしら。でも、まずは病院に電話するわ」彼女は起き上がって階段に向かう。

「動作センサーをちゃんと解除しろよ」と私は声をかける。

彼女が上がるまで待って、私はすかさず忍び足で金庫に向かい、『ベストドレッサー・キッズ』をぱらぱらとめくる。戻ってくるセリアの足音が聞こえると、カタログを金庫に戻し、音を立てないようにそっと扉を閉め、ベッドに飛び乗る。

翌日の水曜日、ジェフとのセッションは午後一時に予定されている。彼は時間きっちりに現れ、私がオフィスのドアを開けると会心の笑みを浮かべる。

「どんな調子だい、あんた?」彼は朗らかで親しげな口調で訊いてくる。

「上々だよ、どうも」と私は言う。ジェフは勝手に腰を下ろす。私はしばらく彼の後頭部をいぶかしげに見て、デスクの向こうに座り、タイマーを五十分にセットする。

「今日の連中ときた日にゃ、あんたの車はそっとしておいてくれるみたいだな」と彼は言う。まだ、笑みを浮かべたままだ。

「そうなのかい？」と私は訊ねて、無関心を装おうとする。「もし予想してみるなら、この先もそっとしておいてくれる可能性は高いかな？」

ジェフは考え込んでみせる。頭を後ろに傾けて、無精ひげの生えた顎を思慮深そうにさすする。「そうだな。今日は本当に気分上々なんだよ、連中は。だからあんたの車は大丈夫だろうな」

「そりゃ心強いな」

「でも違うかもな」彼は睨んでくるが、表情はこのうえない笑顔のままだ。一瞬、私は自分の人生もここまでだと観念する。唐突かつ強烈な暴力で終わりを迎えるのだ――ついにジェフが自制心を失い、児童崇拝予防局の公式文鎮で頭を殴りつけてくるのだと。その文鎮は笑顔の子どもの小像で、基部には「平凡そのもの」というスローガンが刻まれている。私は寒気を覚え、顔を背ける。視線を戻すと、彼はまだ睨み、微笑んでいるが、その目に浮かんでいるのは暴力ではない。その表情はむしろ、エースが三枚手元にあるポーカーのプレーヤーといったところだ。

私は咳払いをして、デスクの上の書類を押しやる。「じゃあ始めようか、ジェフ。今日はネガティブイメージ強化のセッションにする予定だったから、私が電極を付けられるようにシャツを脱いでもらえるかな……」

「いいとも」彼はフランネルシャツのボタンを外し、するりと脱ぐ。前回にネガティブイメージ強化のセッションをした跡、毛のない四つのスポットが彼の胸に残っている。私が電極を持ってデスクを回っていくと、ジェフは私の手から取って自分で電極を取り付ける。

「準備万端だよ、俺はね」と彼は言い、粘着性の円形を指先でしっかりなぞる。顔を上げて、さらに笑顔を見せてくる。

私は席に戻り、マシンのスイッチを入れる。「いいかな？」

「ドカンとやってくれ」と彼は言う。

私は息子のエイブの写真を見せる。

「母親べったりだ。繊細すぎる。釣りが下手くそだ。虫けらに針を通すことさえできない。女々しいんだよ、こいつは」

「いい調子だ」と私は言う。私の手はショックスイッチの上で構えて、熱望で震えている。「続けて」

「ブサイクだ。歯並びが悪い。目の大きさも不ぞろいだ。それにあんたが言い続けてる口唇裂だ、あんたがね。今でも見るとゾッとするね。でかくてハゲの猫みたいなガキだ」

私たちは続けていく。セッションを通常の三十分より十分延長し、ジェフのペースで進めさせて、エイブともう一人の息子のコーリーの分もやって、子ども全般のネガティブなイメージもカバーする。ジェフを訂正しなければならないのは、一度きり。学校の子どもたちにどう思われているのか気にしていないことで、エイブをやり玉に上げたときだ。私はショックスイッチを所定の二秒よりも幾分長めに押す。それは引っかけ問題だ。子どもが考えることなどまったくもってどうでもいいのだから、他の子どもたちを気にする必要などない。

認めよう。それ以外に彼を訂正する必要がないことで、私は少しがっかりする。

「なかなかだったな」私が電極を外してシャツを渡すと、彼は言う。「かなり良くやったよ、俺は」

「今週はやっていけるな、ジェフ」と私は言う。「自分で切り抜けられそうだな」

「そうだろうな」彼は椅子から立ち上がる。

「私の車はそっとしておいてくれるはずなんだろう？」

「車ね、大丈夫」と彼は言う。「あんたの車をバンバンやってた連中ときた日にゃさ、今日はとても喜んでるんだよ」

ついに、大きく愚鈍な魚のように、私は食らいつく。「どうしてかな？　どうして彼らはそんなに機嫌がいいんだろう？」

彼はドアのところで立ち止まる。「その質問には質問で返すよ」と彼は言う。「俺は考えてるんだ。俺たちの子どもをこき下ろしてたんまり稼いでる金をどれくらい使って、あんたはあのトンネルをこしらえたんだい？」

私たちの視線が合う。私の口はぽかんと開き、どうにも閉じることができない。

「またな、ボス」とジェフは言い、また笑みを浮かべてドアを後ろ手に閉める。

パニックを起こしたセリアが電話をかけてくる。

「車が壊されてるの」と彼女は言う。「窓が全部割られてる。誰かがタイヤをチェーンソーで切ったみたい」

「ジェフだよ」と私は言う。

「そりゃそうでしょうよ。どうやって私たちのことを嗅ぎつけたの？」

「わからないよ。トンネルのことを知ってるんだ。君が出るところか、入るところを見たんだろう」

「もうだめだわ」

「セリア、落ち着くんだ」

「そんなのムリよ！　どうすればいいの？　あなたみたいに、コーラ一本買うにも車で百キロ行かなくちゃならなくなるのよ」

「ねえ」と私は言う。「いい手があるはずだよ」

「誰彼なく喋るに決まってるわ。そしてみんなにバレちゃうのよ。この町から追い出されちゃう。みんな松明とロープを持ってうちに押しかけてくるのよ」と彼女は言う。「出ていくわけにはいかないの。ママが死んじゃう。あの家で育ったんだから」

「そこまで深刻なことにはならないかもしれないだろう」

「何言ってるの。わかってるくせに。とんでもないことになるわ。もう最悪よ」

彼女は泣き出してしまう。私は受話器を耳に当てたまま、岩のように座り込み、彼女の啜り泣きを聞く。次第に、久しく忘れていた感情が目を覚ます――怒りだ。

「勘違いしないでね」と彼女は静かに言う。「あなたを非難してるわけじゃないの。でも今は、会わなきゃよかったって思ってる。それだけは言っておかなくちゃ」

突然の不慣れな怒りに拍車をかけられて、私の心は猛然と先走っていて、彼女の言うことがほとんど聞こえない。

「こういうときに神が死んでるって嫌ね」セリアは言う。「でしょ？　だって前までは、嫌なことがあったら、空に向かって拳を振り上げて、こっそり罰当たりな言葉を口にして、こんなはめになったのはあんたのせいだ、わたしが怒るのももっともでしょって思えたもの。でも、今じゃおかしなことになっても誰も責任を取ってくれない」

「セリア」と私は言う。「ママの身支度をするんだ。迎えに行くよ」

「どこに行くの？」

「〈グランド・アジアン・ビュッフェ〉だよ」

彼女は一瞬黙った。「何ですって？」

「いいから聞いてくれ。いいアイデアがあるんだ」

セリアは耳を傾ける。私が話し終えると、彼女はもう少し泣いて、そんなことできないわ、と言う。ぜったいムリよ、と。だが、その言葉は弱々しい。他にどうすることもできないとわかっている人間の態度だ。

「十分で支度する」と彼女はしゃくり上げる。

定期的に食中毒が発生しているにもかかわらず、〈グランド・アジアン・ビュッフェ〉は六年間にわたって、ウォータータウンで一番人気のレストランという地位を保っている。私が腰を下ろして食事を楽しめる唯一の店でもある。店主のピンは中国系で、子どもに対してはうやうやしい無関心を貫いているために、私のセラピーセッションを受ける必要がないからだ。

私たちが到着すると、駐車場はいつものように満車になっている。私はジャガーのギアをPに入れ、セリアのほうを向く。

「いいかい」と私は言う。「これから入るよ。ここで十五分くらい待ってから、入ってきて一つやってくれ」

セリアは私のほうを見ようとはしない。「こんなの嫌」と言う。「こんなことさせるなんて。ひどい人」

「他にどうしようもないんだ。これが嫌なら、ニューハンプシャーに引っ越すしかないよ」

「ニューハンプシャーになんて行きませんからね」セリアの母親が後部座席から言う。

「いいかい？」と私は言う。「セリア、いいかい？」

「いいわ」

「うまくやらなくちゃだめなんだ。連中を完全に信じ込ませないとうまくいかない」

「ベティー？」と彼女の母親は言う。「どこに連れてくの？」

「ママ、これから夕食を食べに行くの」とセリアは言う。

私は車から出て、中国の中世の城門に似せて装飾されたファイバーグラスのドアからレストランに入る。洞穴のような食堂は満員だ。二百の顔がこちらを向き、見つめ、沈む。ショフナー家は私を見るなり立ち上がり、食べかけの皿を残してさっさと出ていく。ピンは控えめな笑顔を浮かべて、レストランの端から端まである縮小版万里の長城のそばにあるテーブルに私を案内する。

「何かお飲み物は？」と彼は訊いてくる。

「ハイネケンでももらおうかな」と私は言う。

「かしこまりました」彼は食堂の端にあるビュッフェを指す。「ご自由にどうぞ」

私は空腹ではないが、食べておこうかという気になる。今回を逃したら、チャーハンやワンタンはしばらくお預けだ。そこで、私は食事客からの非難の声を浴びつつビュッフェに向かう。セリアの名前が、彼らのねじ曲がった辛辣な口から漏れる。私がやってくると、ビュッフェにいた人々は蜘蛛の子を散らすようにいなくなるが、中学三年生くらいの男の子だけは残る。その子のTシャツには、「チンコがあるのは俺、ルールを決めるのは俺」とある。

私が皿を山盛りにして、テーブルに戻ろうとすると、反対側の壁際にいるジェフと家族が目に入る。彼は微笑み、手を振ってくる。私は親指をくわえて、風船を膨らませるように頬を丸める。中指をゆっくりと立てて、「膨張」させてからジェフに向ける。彼の笑みは崩れない。

二皿目と三本目のビールに入ったところで、ドアが両側に開き、音響装置が銅鑼の音を響かせる。母親を連れたセリアが入ってくると、店内は静まり返り、銅鑼の音は消えていく。

セリアは皆の注目を求めるが、すでに視線は彼女に集まっている。

「わたしがこの男と付き合ってたってことは、たいていの人が知ってるわよね」彼女は私を指す。

「みんなの考えてることくらい想像つくわ。わたしのことを裏切り者とか、売女とか、どうしようもない住人だと思ってるんでしょ。でも、あなたたちが知らないことがあるの。わたしの狙いはこのゲロ男と付き合うことじゃなくって、ここから彼を追い出すことなの。ようやくいい方法を見つけたのよ」

もっと怒ってみせなきゃだめだ、と私は思う。もっと蔑んでくれなければ。それらしく見せるんだ。本物らしく。

「今日ここに来る前に、ケネベック郡の保安官のオフィスに電話したの」と彼女は続ける。「今この瞬間、保安官代理たちがこの男の家を捜索してるわ。金庫を見つけるはずよ。その中には、大きくて、しっかりと付箋が付いた、完全に違法な子ども服のカタログが隠してあるのよ」

さざ波のように、呟きが客に広がる。セリアにはもうひとしきり話をしてもらって、偽善者にして子ども信者たる私を大いに嘲ってもらわねばならない。だが、彼女の目はもう潤み始めている。すべてがおじゃんになってしまう前に、私は話に割り込む。テーブルから立ち上がり、裏切られて傷ついた表情をどうにか作る。

「セリア」と私は言う。「どうしてそんなひどいことを?」

彼女は私を見る。その目がかすかに光る。その恐ろしい一瞬、彼女が泣き崩れて抱きついてくるのかと私は思うが、彼女の顔に、容赦のない迫真の怒りが走る。

「黙んなさいよ、このチンカス野郎」彼女は脚を振り上げて、私の急所をまともに蹴り上げる。私はレンガの入った袋のようにどさりと崩れ落ち、その説得力を実感する。

レストランは静まり返っている。

「ベティー」セリアの母親が彼女の手を引く。「ベティー、牛肉とブロッコリーの炒め物があるわ。牛肉とブロッコリーを食べてもいい？」

刑務所というものは、検事やニュース雑誌が言っているほどひどいところではない。少なくとも、私が送られた刑務所はそう悪くはなかった。中央沿岸部にある、最小警備施設。手製ナイフも、レイプもない。仲間の受刑者たちが犯した法律違反はどれも暴力的なものではなく、ほとんどがホワイトカラーの正気な人々だ。財布はだめでも、ナイフは安心して預けられるくらいだ。私はよく食べる。施設の内部はだいたい自由に出入りできる。ケーブルテレビがあり、火曜日と土曜日の夜には娯楽室で映画が上映される。中庭でバレーボールやバスケットボールや蹄鉄投げをする。週に一度は五、六人の仲間で中庭に集まって、ポーカーに興じる。ありがたいことに、私は仲間内でのカウンセラーの仕事をもらい、鬱病や性的な不満や、家族を失望させ恥をかかせたことによる罪悪感などを抱えた囚人仲間を手助けする。

好かれるという気分を、私はほとんど忘れかけていた。

それでも、ごく最近になるまで、私を悩ませていたことがある。ぼんやりとした不安から、夜に眠ることができず、上の寝台のスプリングを見つめる。世話をしている囚人仲間の話に耳を傾けているべきときにぼんやりとしてしまう。最初のうちは、セリアのことが恋しいだけなのだろうと思っていたが、そう遠くはない将来に思いを馳せて、彼女とまた一緒になるときのことを考えても、一向に気分は良くならない。何カ月も眠れぬ夜を過ごしてようやく、この不安感は欲求なのだということがわかった。しかし、それを悟ったところで、気持ちは晴れるどころか、さらに陰鬱になるばかりだった。自分が何かを求めていることがわかったのだから、今度は、それが何なのか知りたくて仕方がなかった。

そんなとき、昨日になって、セリアから手紙が届いた。

あと一年ね。きっと気がつけば終わってるわ。こんなろくでもない町から出ていって、新しい生活を始めましょ。そこで提案があるの。気を引き締めてね、これは凄い話よ。ママが死んでから、誰も世話をする相手がいなくて、わたしはずっと寂しい気持ちでいるの。バカバカしいのはわかってるわ。でも事実なの。だから、どうかしら——あなたと、わたしと、赤ちゃんなんて。わたしたちはこのへんの卑屈な脳たりんとは違うわ。分別のある、いい親になれる。それにね、かわいい赤ちゃんが産まれると思うの。あなたの鼻が遺伝しなければね。しばらく考えてたけど、わたしが求めてるのはこれだってわかったの。だから、来週デルシモニアン先生のところに行って、子宮内避妊リングを外してもらうわ。考えてみてよ、もうコンドームなんて付けなくてもいいのよ！　セックスするのはまだ一年先の話だから、あんまり慰めにはならないかもしれないわね。でも、それを考えれば夜の寒さもそんなにきつくはないかもよ。

私はその手紙を二度三度と読み返す。机に置いて、また読み、指を組んではほどく。汗で手のひらがひんやりしている。刑務所支給のキャンバス地のズボンの脚で手を拭うと、呼吸が速くなり、一度も吸ったことのないタバコが無性に欲しくなる。そして、震える手で、紙とペンを取り出し、私は返事を書く。一言だけ、五文字で、大きく太く、紙いっぱいに書く。

そうしよう。

恩寵

酒を見つめるな。
酒は赤く杯の中で輝き、滑らかに喉を下るが
後になると、それは蛇のようにかみ
蝮の毒のように広がる。
海の真ん中に横たわっているかのように
帆柱の上に寝ているかのようになる。
「打たれたが痛くもない。
たたかれたが感じもしない。
酔いが醒めたらまたもっと酒を求めよう。」

——箴言 第23章31—32節、34—35節

父さんのトラックに一緒に乗って走っていると、その少年が目に入る。芝生で大の字になったまま動かず、這いずってどうにかたどり着いた家の窓の下に頭を預けている。バックパックと、変速ギア付きの古い自転車がある――木にもたせかけてあるのか、衝突してそのままなのか。

「あそこに怪我したガキがいるよ」僕は父さんに言った。僕たちは芝生の手入れをして回っていたから、父さんは補聴器を付けていない。僕は繰り返し言う。僕の言っていることを父さんが理解するころにはもう通り過ぎて、丘を下っている。父さんは荒っぽくハンドルを切って、トレーラーを振り回して戻る。

僕たちはその家の前で車を止めて、外に出る。芝生を横切っていくと、伸びているのは少年ではなくて、大人の男だとわかる。父さんより少し年下なくらい、四十代後半だろうか。横向きになって寝ていて、ズボンの尻の汚れは泥なのか汚物なのか見分けがつかない。頭のそばには、底のほうに黄色っぽい泡が残っているだけのバドワイザーの瓶が転がっている。それと、壊れてしまったプラカード。「神は生きている」と書かれている。男の目は半開きで、動かない。死んでいるのかもしれない。

僕はいつも最悪の事態を考える。

大事を取って、僕は父さんに任せる。父さんは救急救命士を三十年務めて退職したばかりだから、こういうときどうすればいいのかは僕より詳しく知っている。

僕たちはその男を見下ろしていて、父さんが「おい」と声をかける。彼の肘をつかむ。「おい」と言って、揺する。「なあ、起きろよ」

「ルーっていう人よ」と誰かが言う。

窓の網戸の後ろに、女の人の顔が現れる。父さんは僕を見る。僕が何かを言ったのだと思っている。僕はその女の人を指す。

「ルーっていう名前なのよ」彼女はもう一度父さんに言う。

「何だって？」

「ルーよ」彼女は声を張り上げる。

「おい、ルー」父さんは言う。ルーの手首をつまんで、もう片方の手に着けた腕時計を見ながら脈を測る。「知り合いか？」と女の人に訊く。

彼女は苦々しい笑みを浮かべる。「そうとも言えるわね。家には入れないけど」

「こいつは健康に問題でも？　糖尿病とか？」

「酔っぱらってるのよ」

父さんはルーの手を地面に戻して、シャツの襟元を緩めて、息をしやすくする。ルーはいびきをかき始める。怒ったガラガラヘビのような音だ。

僕は立ったまま、首の後ろの埃汚れをこすって、ルーをじっと見下ろして、考えている。

「警察に電話したらいい」父さんは女の人に言う。

「酔っぱらってるだけでしょ」

「何だって？」

彼女は大声でそれを繰り返す。

「警察に電話だ」父さんは言う。「救急車を呼んでもらえ。病院に連れていったほうがいい。この猛暑に放っておいてはだめだ」

彼女はもうしばらく窓際に立っていて、それから家の暗がりに姿を消す。しばらくして、戻ってくる。

「こっちに向かってるわ」

父さんはルーを見下ろしたまま、聞いていない。

「わかったよ」僕は彼女に言う。

「もう窓を閉めるわね」

「救急車が来るまでここにいるよ」僕は言う。彼女は窓を閉めて、もう一度ルーをちらりと見て、姿を消す。

僕と父さんは腰に両手を当てて立っていて、まぶしい日の光に目を細めている。僕は芝生をつま先でつついて、あちこち見回して、ルーを見ないようにする。父さんはかがみ込んで、もう一度脈を確かめる。

そして、父さんが口を開く。「お前がどうして禁酒したのかわかるってもんじゃないか」僕のほうは見ずに、そう言う。

しばらくの間、僕は答えない。そして、「一年前にまた飲み出したんだ」と言う。

父さんは僕を見上げる。「あん?」

「こんな生活冗談じゃないって言ったんだよ」ちゃんと伝わるように、ゆっくりと僕は言う。

ようやく、警官がやってくる。背が低くてずんぐりした、角刈りの男だ。ルーのことは知っているが、「牧師さん」と呼ぶ。

「おなじみの男か?」父さんは訊く。

「そりゃもう。今日はこいつを探し回ったよ」父さんと警官は物知りげに笑う。僕は笑わずに、口を真一文字に結ぶ。仕事仲間になった二人はルーを挟んでかがみ込む。

「この呼吸はまずいな」警官は言う。

「そうとも、呼吸は良好だ」父さんは言う。「脈は若干弱いな」

警官は父さんをしばらく見つめてから、手を伸ばして、シャツの上からルーの乳首をつねる。「なあ牧師さん、起きてくれよ」でも、ルーは動かない。

「救急車を呼んだか?」父さんは言う。

「ああ。ここから先は引き受けるよ」

「よし」父さんは言う。すっくと立って、少し背伸びする。「今日はまだ仕事もあるしな」

僕たちがトラックに戻っていくと、「手伝ってくれてありがとよ、お二人さん」と警官が言う。僕は彼に背中を向けていて、それを聞いてびくっとする。僕は何も言わなかったし、何一つ手助けにならなかったのに、「お二人さん」なんて、妙な言葉だ。

父さんは上体だけ振り返って、片手を上げる。僕は振り向かずに歩いていく。

君のことはもうずいぶん考えていなかったけれど、なぜか今、君のことを考える。怒って腕を振り回して、コーヒーテーブルから瓶をはたき落とす君の姿が目に浮かぶ。鍵をかけたドアの向こうから叫ぶ、君の声が聞こえる——もう神はいないのよ、どうしてみんなみたいに受け入れられないの？ ずっと激しく泣いていたせいで、目が腫れ上がってしまった君。君は今どこにいて、誰と一緒にいるんだろう。その男の手が動くたびに、びくっとしてしまうんだろうか。僕と一緒だったときのように。

神を食べた犬へのインタビュー

そこで、イエスは言われた。「あなたがたには神の国の秘密が打ち明けられているが、外の人々には、すべてがたとえで示される。それは、『彼らが見るには見るが、認めず、聞くには聞くが、理解できず、こうして、悔い改めて赦されることがない』ようになるためである。」

――マルコによる福音書　第4章11―12節

著者による覚え書き

このインタビューは、ネルティティの町にほど近いスーダンの砂漠にて、二〇〇六年六月の初旬に行われたものである。私は五カ月にわたって南ダルフールを捜し回ったが、＊＊＊はすでに人々との一切の接触を絶ってしまっていた。ニャラからネルティティに向けて出発したが、七十キロほど進んだところで、この移動のために購入したジープが砂地にはまり込んでしまった。私も、車よりさほど長くは持ちこたえられなかった。道に迷い方向感覚も失った私は、暑さから逃れようと、誰もいない動物の巣穴に潜り込んだ。ネルティティがどの方角にあるのかまったく見当がつかず、もしわかっていたとしてもたどり着くだけの体力もなく、もう死ぬのだと覚悟した。二日目の夕暮れになって、＊＊＊が巣穴を訪れ、インタビューが始まった。

ちなみに、このインタビューは超感覚的な手段によって行われた。私と＊＊＊は互いに一言も発することなくやり取りをしたのである。さらに、私の朦朧とした状態が悪化したことも手伝い、私が投げかけた質問には意味を成していないものも多くあったが、＊＊＊は私の真意を見抜き、適切な答えを返してくれた。読みやすさを考慮し、質問は単に「**Q**」を太字で表記するのみとした。質問の内容の大部分は、＊＊＊の答えから推測することができる。
私がインタビューを完全に思い出すことができただけでなく、巣穴から出て、ほんの半キロほどのところにあったネルティティにたどり着けたことは、＊＊＊が手を回してくれたことによって可能になったとしか考えられないが、それがどのようなたぐいのものであるのかは、私の理解の及ぶところではない。

——ＲＦＣ

Q？

——実際のところ、君を見つけ出すのは簡単なことだったよ。私が創造主を食べて得た何らかの力というよりも、野生の犬としてすでに備えていた能力が役立ったということだね。人々は私が全能だと信じているが、実際は違う。私の知識には大きな空白がいくつもあるし、それは我らが創造主も同じだったのではないかな。例えば、君が私を捜し回っていることには気づいていたし、君がダルフールのどこかにいることもわかっていたが、それ以上は五里霧中といったところだった。だが、犬のなかでも特に鼻が利く私たちは、死にかけた動物の匂いなら、信じられない距離からでも嗅ぎつけられるものなんだ。絶望というものは、同類の恐怖と同じく、苦い匂いを発するものだ。絶望の粒子の二、三個が午後の強風で運ばれてくるだけで、その源までたどるには十分すぎるくらいなんだよ。君を見つけるのはまったく難しくはなかったよ。

Q？

——いや。君から得られるカロリーよりも、君を咀嚼して消費するカロリーのほうが多いだろうからね。君は筋肉がつきすぎているんだよ。ウェイトリフティングに凝りすぎた結果だな。だから心配しないでほしい。君はお手軽な食事になるが、暑い季節には簡単に手に入る食料はたっぷりあるからね。私は満腹だよ。君を食べない理由はそれだけではないけれどね。

Q？

――ほら、創造主を食べてからというもの、私は「道徳律を動物の行動にも適用すべきか否か」という問題に直面しているんだ。憐れみというやつにはどうにも肌が合わなくてね。犬としての本性とそりが合わないんだな。幼児や老人、弱者、負傷者、虚弱な者を憐れむこと、その結果、殺める手を控えることは、野生の犬としての第一カ条に反するだけではなく、自己保存という観点から見てもいただけない戦略なんだ。まだ気持ちの整理を始めてから間もない段階だし、正直に言うと、そのせいでしばしば落ち込んでしまうね。
それから、君を食べない理由がもう一つある。君の仲間の種を避けたいのはやまやまなんだが、ときどき、知的な話し相手が無性に欲しくなるんだ。だからここに来たわけだよ。

Q?

――またそんなことを。そうとも、私の高い水準から見ても、君は知的だと言えるよ。率直に言わせてもらえれば、そのせいもあって、人間が嫌になってしまったのだけれどね。そろって私の前にひれ伏し、手を合わせてあらゆる頼み事を口にする。だがしばしば、今の君みたいに飾り文句を並べ立ててくるんだ。「私程度のしがない頭ではあなたに並ぶべくもありませんが」うんぬんかんぬん、もう吐き気がしてくるね。知識と知性を混同するべきじゃない。百科事典は君よりも頭が良いのかね？ コンピューターは？

Q?

――もちろん違うとも。どうしてそう思ってしまうのかな？　実際その場に居合わせたことがなくても、インドの首相マンモハン・シンが昨晩何を食べたのか、私が知っているからか？　知っているとも。彼はお腹の具合が思わしくなくて、レンティル豆と米を混ぜた薄味の食事にしたが、それもあまり食べられなかった。ほらこの通り。これを受け入れたうえで、私の友達になってもらえるかな？　陳情者でも、使徒でもなく、友人になってくれるか？

Q？

――そうとも。まったくもって嫌になる。犬の社会的慣習にどっぷり浸かっている者からすると、さして促されてもおらず、卑屈になったり丁重になるしかるべき理由もないのに、人間がぺこぺこと頭を下げている姿を見るのは不愉快なんてものじゃない。さらに、今ではもう気づいているが、その卑屈さの裏には強欲と、君たちの種に広く蔓延している、当然の権利だという意識があると来た日には何をか言わんやだよ。際限のない二枚舌だ。君たちの大部分がかくも不幸なのは、不思議でも何でもない。

つまるところ、君は平均的なヌーよりも賢い。それで十分なんだ。

Q？

――そうだな、話題を変えよう。

Q?

――その話なら喜んでするとも。何と言っても、君は私の話を聞くという怪しげな特典のために、危うく命を落としかけたのだからね。どこから始めようか?

Q?

――そうだな、そもそもの始まりは、その少し前ということになるかな。これは言っておいたほうがいいと思うが、私たち五匹が実際に創造主を食べる前に、私ともう一匹の犬は彼に出会っていたからね。今から思えば、不思議な偶然だね。変身の前のことについての記憶は曖昧だから、つまびらかなことは言えないし、自分がよく知っている思い出としてよりは、体験したことのおおまかな印象と言ったほうがより正確かもしれないな。

今と同じ季節だった。焼けつくような暑さだったから、それははっきりしている。犬は取り立てて頭が良いわけではないが、食べ物を見つけることには長けているし、母から子に代々受け継がれた教えというものがあって、ジャンジャウィードの民兵が通った跡には食料がたっぷりと残されているとわかっていたから、私たちは彼らについて回った。彼らが村一つを皆殺しにして、次に殺すものを探して出ていったあと、私たちがやってきて、後片付けをしていたわけだ。良好な関係だったとはいえ、稀に、私たちの仲間がジャンジャウィードから安全な距離を取ることを忘れ、彼らの行く先に出てしまうことがあった。初めて創造主と出会ったのもそんなときだった。私と弟は絶望の匂いを嗅ぎつけてたどっていき、迂闊にもジャンジャウィードの先回りをした。すると、高い草むらに独り、若い女性がぐったりと横になっていた。それが創造主で、ディンカ族の女性に身をやつしているのだ、などとはそのときは知る由もなかった。そのような概念を理解する能力も当然持ち合わせていなかったしね。私の目に映っていたのは、ただの手軽な食べ物だった。私たちは彼女の周りをじっくりと回ってみて、意識があるか、抵抗する体力は残っているかどうか試した。彼女は攻撃してこなかったし、手足をばたつかせたりも泣いたりもせず、何一つ反応しなかった。そこで、いよいよ仕留めようかというときになって、ジャンジャウィードが近づいてくる音がした。私たちは迷わず逃げ出したよ。生き延びようと思うなら、そうするしかなかったからね。彼らより速く走ることなど無理な相談だし、彼らが手を触れるものはすべて死んでしまうんだよ。

Q?

——そう、その後、私と弟は群れに戻って、決意したよ（といっても、犬にできる程度の決意なんだが）。満腹で死んでしまうよりは、空腹だが生きているほうがましだとね。ジャンジャウィードが移動しているのだから、我慢してさえいればそのうちご褒美があることはわかっていたしね。二日後、私たちは肉が焦げる匂いをたどり、瓦礫と化した難民キャンプに到着した。そのとき、今ではすっかり有名になった私たち五匹は、創造主を食べた。

Q?

——その質問は不適切だし、完全に的外れだろうな。

Q？

――その通りだろうな。滅多に入手できない情報だね。君たちが好奇心をそそられるのはわかるよ。もっとも、悪趣味な好奇心ではあるがね。

Q？

――いいとも。じゃあお望みの答えを言おうか。固くて酸味があり、砂っぽく、今まで口にしたなかで一番まずい肉だったよ。だから、二口以上食べた仲間はいなかった。

Q？

――考えてみれば、意外ではあるね。神聖さとはほど遠い風味だった。

Q？

――いや、自分の変身は覚えていない。それまでは荒っぽくて快活で、存在のほとんどは食欲に支配された犬だったのに、気がつけば、高次の新しい意識を持つようになっていた。だが、一瞬でそうなったわけではなかった。あとで出来事を順序立てようと私たちが話し合ったとき、他の者も、まったく同じように変化を経験していたことがわかった。創造主を食べたあとの数時間、私たちは群れの仲間たちと一緒に難民キャンプで餌を食べていた。しばらくしてまた集まり、西方向にキャンプを出て、夜を過ごすのにちょうどいい場所を探し始めた。今から思えば、それが私のかつての人生の最後のひとときだったな。私は高い草を踏んで寝床を作り、毛づくろいを始めた。足をぺろぺろ舐め、べっとりした血を指の間から取り、鼻先にこびりついて乾いた血は肉球でこすり落とした。周りでは親類一同が気だるく仰向けになり、一日中たっぷり食べた心地よい疲れで、ため息をついたり唸ったりと音を立てていた。じきに、腹が満たされた満足感と、背中に絶えず当たる涼しい北風が相まって、私はすうっと眠りに落ちた。

夢は見なかった。

翌朝、遠くの丘の頂から照りつける日の光で、私は目を覚ました。すぐに自分の身に起こった変化に気がついたよ。それまでは、知っているものと言えば衝動と本能と習慣だけだったのに、急に心の中が考え事でいっぱいになっていた。以前は、自分の五感で知覚できるもの以外は世界に存在しなかったのに、地球全体を一つのものとしてとらえることができるようになっていた。この全体性を構成する各部分が相互に働きかけ、現れては消えていくときの、微細で変化に富んだありようも考えられるようになっていた。閃光のごときひらめきによって、そうしたことすべてが明確に伝わってきたし、それと同じくらいはっきりと、群れの一員としての日々が終わりを告げたことも悟った。

他の四匹も同じ結論に達していた。私たちの離脱は、日の出と同じく自然で、かつ避けようのないものだった。私たちはゆっくり立ち上がって、出ていく準備に取りかかり、今までは感じたことのなかった悲しみという複雑な感情を抱えてよろよろと歩いていた。私たちの物音を聞きつけて、弟も身じろぎした。体をブルブルッと震わせて起き上がると早足でやってきて、暑くなる前に私たちが早出して餌を探しに出ようとしていると思ったのか、ついてこようとした。一緒に行くことはできない、と伝えようとしたのだが、古い意思疎通のやり方がもうわからなくなってしまったようだった。弟と肩をこすり合わせるべきときに、私は耳を寝かせてしまった。鼻を下げるべきときに、尻尾を上げてしまった。苛々した私が歯を剝くと、弟は小さく一歩後ずさり、尻尾を垂れ、目はしょんぼりと下を向いていた。

その日から、弟には会っていない。今までいろいろ悲しい思いはしたが、あのときの弟の姿は最も辛いものに入るね。

Q?

――いや、弟が元気にしているということは、私なりにわかっているよ。幸せで、健康で、今は子どももいる。私たちの種にとっては、喪失なんて日常茶飯事だし、私が視界から消えると弟はすぐに私のことなど忘れてしまった。私が悲しいのは、自分を思ってのことなんだ。

Q?

――そうしたいのはやまやまだが、弟を捜し出すことはできないよ。あの日私が群れを離れたのと同じ理由でね。もう私の居場所はなくなってしまったんだ。この先もそれは変わらないだろう。それを君に理解してもらおうとは思わないよ。無理な相談だからね。

Q？

――特に行くあてがあって群れを去ったわけではなかった。人間というものが、私たちにとって最大の食料源であり最も危険な敵であるというだけでなく、高度な知性も持っていることは知っていた。人間の世界で新たな家を見つけられるかもしれない、と希望を持っていたよ。そこで、北にある大都市群を目指した。辛い旅路だったよ。時間についての知識を得た私たちの足取りは、過去についての後悔と未来への恐れで重くなってしまった。誰も狩りをする気持ちを奮い立たせられなかった。空腹のまま、私たちは大平原や干上がった川床を抜け、丘をいくつも越えていき、黒い砂漠地帯を渡った。夜には、昔ながらのやり方で自分たちを慰めようと、お互いの毛づくろいをしたり、並んで丸まって寝てみた。だが、どれも虚しく、鶏の翼と同じように役に立たなかった。

そうして、私たちはついにオアシスの農村にたどり着いた。新たな希望を抱いた私たちは、最初に見かけた村人に近づいていった。優しそうな皺が入った長い顔の、細身の老人だった。君と会話しているのと同じ方法で、村の長のところに連れていってくれないかと頼んでみた。

その村を生きて出ることができたのは四匹だけだった。弱った脚で精一杯走って逃げたよ。生き延びられなかった一匹は、村に唯一ある道路で、頭に銃弾を受けて埃にまみれていた。キリスト教徒の農民たちは、私たちのことを犬ではなく悪霊だと思い込み、銃を持って砂漠まで追ってきた。私たちは入り組んだ地下洞窟に逃げ込み、三昼夜をその中で過ごしつつ、失った仲間と運命を嘆いていた。脚に鼻を載せて、薄暗がりと埃のなかでくんくんと鳴いていたよ。そのときになっても、そのやり方くらいは知っていたが、相も変わらず時間の無駄だったな。

Q？

——いいところを突いているね。何度も人々にそのことを説明しようとしたんだが、うまくいかなかった。普通の犬と人間の感情の幅を比較するときに私が使うたとえは、原色と、派生的な色調全体との対比だ。例えば、普通の犬が初歩的な怒りを感じるとして、それを原色の赤としよう。一方の人間には、赤の色合いのスペクトル全体がある。苛立ちの深紅や、憤りの朱色や、激怒の濃赤色などだ。私たち四匹は、その万華鏡のような感情を持つようになっていた。乗っ取られていた、と言ったほうがいいかな。最初のころは、それに耐える負担で気も狂いそうだったよ。

Q？

——生まれて初めて、お互いに話をしようと思いつかなかったら、私たちはそのまま死んでしまったかもしれないな。新たに得た知識を使って思考を共有し、有効な解決策を見つけ出そうということをね。私たちがそう考えたのは、洞窟での三日目の夜だった。かつての生活では獲物を付け狙うときと交尾のときにだけ取ってあった熱意を発揮し、私たちはさらに北の方角に心を馳せ、自分たちの身の上を打ち明けるにふさわしい人物を探した。知性と教養と知的好奇心があり、犬に話しかけられるという当初の衝撃を乗り越えられるような人物だ。数時間後、私たちはハルツーム大学の神学の教授、ハリド・ハッサン・ムバラクこそその人だと決めた。ムバラクは職業上の理由から敬虔なイスラム教徒としてのうわべを取り繕っていたが、実は何年も前に宗教上の確信は一切捨て去ってしまい、生来の病的な自己顕示欲が育つに任せていた男だった。熱中していて世間知らずだった私たちは、ムバラクの知性ばかりでなく人間性も考慮に入れることを怠ってしまった。その失敗を皆で悔やむことになったよ。

Q?

――私たちはいても立ってもいられず、村人が眠っている隙にオアシスに戻り、内臓が革袋のように膨れ上がるまで、泉の水溜まりで水を飲んだ。その足で北東に向かい、早足でハルツームまでの最短経路を進み、またいくつもの丘を越え、広大な砂漠を渡った。唯一休むときと言えば、日が頂点に上り、あらゆる生き物が隠れてしまう一、二時間だけのことだった。狩りをしてみたが、大した成果はなかった。かつての私たちは立派な狩人だったのだが、そのころには子犬のような足取りになってしまっていたし、不器用で連携も取れていなかった。仕留めることができたものと言えば、誰も食べる気にならないような、老いてごわごわになったトカゲ一匹だけだった。だが、空腹をもってしても、私たちの楽観的な気持ちを揺るがすことはなかったし、足取りが鈍ることもなかった。じきに、ハルツームのほっそりとしたミナレットが、奇跡のように砂漠から浮かび上がった。

Q?

――いや、私は奇跡は信じない。君が言っているような意味ではね。がっかりさせて申し訳ないな。奇跡を信じられるような経験は一度もしなかったからね。ある時点までは、奇跡などという概念があることすら知らなかったし、その次には、物事を知りすぎていて、奇跡がありうるなどとは信じられなかった。先ほど「奇跡」と言ったのは言葉のあやで、風と砂しかなかったところから、あの巨大な都市が姿を現したときの衝撃を伝えたかったんだよ。

Q?

――ハルツームの第一印象？　どう言ったものかな。もちろん、私たちの誰も、あのようなものを目にしたことはなかった。騒音と、雑踏。人々が押し合いへし合いして、声を張り上げて袖をつかみ、他人の気を引こうとしておきながら、自分は他人に無関心だ。銃弾で穴が空いて壊れた自動車が、延々と場所の取り合いをしている。バザールの喧噪、腐りかけた魚とリンゴの水タバコの匂い、ぶらついている戦傷者の虚ろな視線。私たちは砂嵐に巻き込まれたように迷子になってしまい、兵士や店主に蹴られるとき以外は誰の目にも留まらなかった。午後のほとんどは通りをこそこそ歩き回り、有り体に言えば偶然に大学のキャンパスに着いた。

Q?

――私たちはムバラクが講義をしていると知っていた建物の表で待った。一時間後、彼が現れた。長身で顔色は白く、白い簡素なディシュダーシャを着て、刺繡の入った縁なし帽をかぶっていた。私は彼に近づき、どう切り出したものかわからず、「こんにちは」と言った。

Q。

――かなり馬鹿げてはいたが、まともに自己紹介をするやり方などないように思えてね。

Q？

――そう、お察しの通り、ムバラクは仰天していたよ。最初は私にまったく気づかず、誰が話しかけてきたのかとあたりを見回していた。他にその公用地にいた人間は一人だけ、濃赤色のチュニックを着た男だったが、ムバラクには背を向けていたし、声が届く範囲にもおらず、農学部の建物の角を曲がって遠ざかっていくところだった。

「ここですよ。あなたの足元です」と私は言った。

ムバラクは下を見て、私が目に入ると、思わず、もう信じてもいない神を呪う言葉を吐いた。

私は仲間に小突かれて言った。「ムバラク教授、助けてもらいたくて伺いました」

「私もついにおかしくなったのか？」

「いいえ、違うと思います。私はある方法で話しかけていて、あなたにはそれが聞こえている。現実なんです」

ムバラクはしばらく黙ったまま、私たちを見下ろしていた。片手をぼんやりと帽子に当て、位置を直した。「何だって……？」と言い、その声は尻切れになったが、不信感は和らぎ、その代わりに、七カ国語を習得し、コーランの代表的な翻訳者としての名声を彼にもたらした知性の働きが活発になっていることが感じられた。私はこの機会を逃さずとらえ、一気に説明を始めた。ジャンジャウィードのこと、難民キャンプのこと……。

だが、ムバラクに話を遮られた。「ここではだめだ」と、まだ呆然としつつ彼は言った。「これが現実だろうと何だろうと、人前で犬に話しかけているところを見られるわけにはいかない。私は歩いて家に戻る。ついてきなさい——ただし、距離を置いて」

私たちは言われた通りにした。ムバラクはキャンパスを出て東に向かい、私たちは後ろをついていき、その先に待っている未来に胸を躍らせていた——私たちにとっての大使、私たちを人間世界に導き、再び居場所を見つけ出す手助けをしてくれるであろう人を見つけたのだから、その可能性は本当に実現間近に思えた。興奮していた私たちは、ムバラクがタバコを一箱買おうと雑貨屋に立ち寄ったことに気づかなかった。そうとは知らずに追い越し、先に彼の家に着いてしまった。門の前で待っていると、ムバラクがやってきた。

「どうして私が住んでいるところがわかった？」と彼は訊いてきた。

「すべて説明します」と私は答えた。「私たちにわかっているかぎりのことを」

Q?

——私たちは家に入り、それまでの経緯を話した。ムバラクは耳を傾けながら、次々にタバコに火をつけていた。口ひげの下には、愉快そうな軽い笑みを浮かべていた。それが現実だとはまったく認めずに、楽しむことにし、私たちの話を最後まで聞きながら、自分の狂気にもまだ見所があるじゃないか、と考えているようだった。自分が吸い込む空気、タバコの煙と窓の下の屋台からのスパイスの匂いですら怪しんでいた。

「今ならこれを千本吸ったって大丈夫だろうな」彼は火をつけたばかりのタバコを掲げて言った。「何もかも現実ではないんだからな」

「教授」私は言った。「そう信じたい気持ちはわかります。でないと、あなたに考えうる、この状況の論理的な説明は二種類しかない。夢を見ているか、気が狂っているかです。でも、これは紛れもない現実だと保証します」

ムバラクは黙ってその言葉を受け止めた。唐突に立ち上がり、大股で家を出ていき、私たちはアパートに残された。数分後、彼は水気で濡れた包みを持って戻ってきた。鶏のレバーが新聞紙にくるまれていた。いたずらっぽい笑みは消えていた。

「腹ぺこだろう」と言い、温かい目で私たちを見下ろした。


Q？


——三日間、私たちは生のレバーとヤギのミルクで腹いっぱいになり、編んで作った敷物の上で眠った。ムバラクは私たちの体を洗ってブラシをかけてくれたし、天井のファンを回し、カーテンを閉じて西日を遮ってくれた。居間はずっと薄明かりの状態に保たれていたから、私たちはまどろみ、感謝の気持ちでいっぱいだった。生まれて初めて、親愛の情から人間の手を舐めたよ。

そんな贅沢な思いをしていても、私たちは落ち着かず、いつ外の世界に私たちを紹介してくれるのかと彼に訊ねた。そのうちだ、近いうちにするから、とムバラクは言った。でもまずは難民キャンプに戻らねばならないと。現実的に考えて、一緒に連れていけるのは私だけだ、と言われた。他の仲間たちはアパートに残ることになった。彼は大学から休暇をもらい、すぐに南への旅の計画を立てた。ちょうどそのころ、彼は鋼鉄製で外から南京錠をかけるケージの犬小屋を持ち込んだ。私たちにとってはそれが安全で快適だ、ということだった。私たちを守るためという名目で、犬小屋から出ているときは紐につながれることになった。

ムバラクはランドローバーの中古車を購入し、ガソリンの缶と食料、水、そして知り合いの武器密輸商から買った死体用の袋をいくつか積み込んで出発した。雨季が早くに訪れ、道路が泥の穴だらけになって通行不能になったらどうしようか、と心配を口にしていた。結果として、私たちは危険なほどの速度で移動し、スペアタイヤを二つとも使い、わずか三日後にはキャンプに到着した。小規模な援助活動グループがいくつか戻っており、ばらばらになって腐乱した死体を懸命に片付けていた。彼らを目にすると、ムバラクは毒づいた。

「創造主の亡骸はまだ回収されていませんよ」と私は彼を安心させた。

「どこだ?」と彼は言った。「案内しろ。今すぐだ」

私たちは身を寄せ合う仮設の避難所を通り抜けた。ほとんどが完全に潰れているか、黒焦げになっていた。共同井戸を過ぎ、キャンプの端に出た。創造主の死体があった。三週間前に私たちが後にしたときとまったく同じ状態だった。

「そこです」と私は言った。

ムバラクはトラックのギアをニュートラルに入れ、サイドブレーキをかけた。「まったく腐っていないな」と言った。その通りだった。創造主は間違いなく死んでおり、放置されていたが、他の死体はひどく腐敗し、ところどころ液化していたのに比べ、神の肉はまだ新鮮かつしなやかで、ほんの二、三時間前に死んだばかりのように見えた。

それ以上は何も言わず、ムバラクはトラックから飛び降り、黒いビニール袋の一つに死体を詰め込み始めた。急いで動き、ほとんど目に見えるほどの悪臭に吐き気を催しながらも、手を休めることなく作業を続けた。十五メートルほど離れたところで死体に囲まれて立っていた援助作業員が、マスク越しにくぐもった英語で、「おい！　何やってるんだ？」と声をかけてきた。慌てて袋に詰めたせいで、あちこちから肘や膝が突き出ていた。その作業員ともう二人が近づいてきたため、ムバラクは袋のジッパーを閉めることはあきらめた。死体をトラックの後部まで引きずっていって中に投げ込み、運転席によじ上り、ドアもろくに閉めずにアクセルを踏み込んだ。

援助作業員たちは私たちを止めようと駆け寄ってきたが、タイヤが巻き上げた黄色い土埃の雲に巻かれてしまい、見えなくなっているうちに、私たちは走り去った。キャンプが後方の地平線に消えてしまうまで、ムバラクはアクセルを踏み続けていた。そして、唐突にトラックを止めて外に出て、また後ろに回った。

私は彼が何をするつもりか悟った。

「それはやめておいたほうが」と私は言ったが、彼はもう後部ドアを下ろし、カーキのベストの胸ポケットからジャックナイフを取り出そうとしていた。

「黙れ」と彼は言った。視線を上げ、私と目を合わせた。突如として、それまで私たちに見せていた優しさは消え失せ、それに代わって卑劣で邪悪な光が宿っており、肉食の私の心すら震え上がらせるものがあった。「もし嘘だったら……」

創造主の手が、白い手のひらを上にして袋の口から出ていた。ムバラクはその親指をつかみ、血を失った肉の塊をナイフで切り取った。躊躇い、一瞬動きを止めてから、その肉を唇に当てた。指が震えているのが見えた。それから、激しく噛んだ。その肉がかじり返してくるかもしれない、とでも思っているようだった。両目を閉じ、くちゃくちゃと噛み、頭をのけぞらせてどうにか飲み込んだ。

目を開けたときの彼の目つきは、光に溢れた場所に出てきたようで、期待と疑念が入り交じっていた。だがすぐに、自分自身にも、周囲を感じ取る感覚にも何の変化もないことに気づいた。失望、そして怒りが彼の顔をよぎった。後部ドアを手荒に閉め、運転席に戻ってきた。

「私を騙して人肉を食わせたな」

「教授」と私は言った。「変化には時間がかかると申し上げたはずです」創造主は食べないほうがいい、と言ったことを指摘しようかとも思ったが、それは控えることにした。

いずれにせよ、彼はもう耳を貸さなかった。トラックのハンドルを切り、また北を目指し、道路を外れて難民キャンプは大きく迂回していった。ムバラクはずっと押し黙ったまま走り続け、夜になると車を停めて座席を後ろに倒し、胸で腕を組んで眠りに落ちた。

Q?

――私たちのときと同じように、朝になってみると、彼はあっさりと変わっていた。ムバラクは一言も言わなかったが、明らかだった。彼が何を得たのかは、はっきりとはわからなかった。私たちが一緒に過ごしていた時間は終わりに近づいていたし、生きた彼に再会することはなかったからね。でも、何があったにせよ、その変化によって、歯車が妙な具合に狂ってしまったようだった。まず、運転に苦労するようになっていた。ギアを手荒に軋らせ、ブレーキのサインが出ているときにアクセルを踏み込んだり、その逆のときもあった。道路のカーブを見落としてしまって柔らかい路肩にはまり込み、ハンドウィンチを使ってトラックを道に戻すはめになったことも一度や二度ではなかった。ときおりとはいえ、口を開いたときには、場違いな言葉があちこちに飛び出してきたし、自分がそんなことを口にしているとも気づいていないようだった。あるときなど、「イブラヒムに電話して、ロンドンに死体を運ぶ計画教育をしなければな」と彼は言った。

「何ですって?」と私は言ったよ。「教授、大丈夫ですか?」

「黙れ。お前に言ったわけじゃない。ちょっと考え事が口に出ただけだ」

そんな調子だった。言うまでもなく、ハルツームまで戻る旅路は奇妙で、幾分恐ろしくもあった。ムバラクの行動が不審だっただけではない。私たちは彼を信頼し、鋼鉄のケージに入ることにも同意したのに、彼のほうは、私たちが人間社会に加わる手助けをするつもりなどない、ということが明らかになりつつあったからね。

Q?

——厳密に言えば、彼は私たちに何もしなかった。私たちがハルツームに着くと、彼は私と仲間を予備の部屋に放り込んだ。翌日には、創造主の死体とともにロンドンに出発し、私たちはケージに入ったまま置き去りにされた。六日間、仲間たちは水も食べ物もなく過ごしていた。毛皮にはあばら骨が浮き、鼻の皮は乾いてひび割れていた。ケージの隅に縮こまり、自分たちの汚物からなんとか離れていようと虚しい努力をしていた。

Q?

――彼は私たちがアパートで死ぬように仕向けたのだとしか思えないな。そのときは、その結論に達したことが悲しかったよ。これもまた、君たちの種と私たちの間に歴然とある道徳的な溝だ。、ムバラクのように親愛の情を欺瞞に利用するなどということは、犬同士ではありえない。そんなことは起きようがないんだ。だから、彼が心の内を私たちに明かすことなく出発してしまったと悟ったとき、私は混乱してしまった。私たちが何か悪いことをしてしまったのだろうか、と自問した。私たちに何らかの非があったのだろうとね。今では私も賢くなったとはいえ、彼が私たちを置き去りにして、飢え死にさせようとしたと思うと悲しいね。

Q?

――私たちは悲しんだよ。失ってしまったもの、失いつつあるものを思ってね。犬にとって、悲しむと言えば吠えることだから、私たちは初日の夜から次の日まで吠えていた。仲間たちの声は弱々しくなり、コーラスから完全に脱落してしまい、じきに私は独り、部屋の壁に向かって鳴き、ケージの格子に頭から突っ込んでいき、ついには鼻から血が出て、内臓がしなびて衰えていく感覚があった。

Q？

――ムバラクの身に起こったことは、しっかりと記録されているから、君も私と同じくらいのことは知っているだろうな。ロンドンで、彼はイブラヒム・フセイン・アル＝ジャミルという、友人でありキングス・カレッジで講義をしている同僚と会った。二人で検死と検査を監督したところ、創造主の亡骸は、特徴の一つとして、長年保持されてきた物理の法則に反し、質量なしに構成されていることが判明した。選抜された科学者のグループがロンドンに降り立ち、避けようのない結論に達したところで、一般に公表してはならないということで全員が一致した。人間社会を守ることよりも、自分が認められて個人的な利益を手に入れることを重視していたムバラクは、この合意には従わなかった。

Q？

――どう考えても、彼の不可解な振る舞いは、神経機能の障害に類似していた。チックやひきつけ、強硬症の発作、うわ言などだ。ただし、これらの症状の進行はあまりに劇的だった。昼食時に混雑する道路の真ん中でジグを発作的に踊ったこともある。一度などは、唇からよだれを垂らしたまま、ロンドン地下鉄のピカデリー線に一日中乗り、早朝までヒースロー空港の周囲を延々と巡り続け、ついには乗務員から警察への通報で退去させられた。『60ミニッツ』のインタビュー中にエド・

ブラッドリーに放尿してから間もなく、ムバラクは行方不明になり、数日後、死体となって、市の東にあるテムズ川の水門に引っかかっていた。

Q？

――確かに、事故か自殺だろうと一般には考えられているね。

Q？

――私は彼の死の真相を知っているが、それを漏らすことは控えたいな。ただ、エド・ブラッドリーは無関係だ、とだけは言っておくよ。

Q？

――私もそのころには死にかけていた。仲間たちが逝ってしまってから一週間が経ったとき、ムバラクの家政婦をしていた、リリー・ガブリエル・ホランドという女の子が、予備の部屋のドアをそっと開け、覗き込んできた。私たちを目にすると、彼女はドアを大きく開けて入ってきた。背が高くて気が強い、キリスト教徒の女の子で、イスラム教徒の雇い主を罵っていた。

Q？

――当初、彼女は私たちが皆死んでいると思っていた。溢れ出た涙が彼女の頬を伝っていたが、声は力強く、しっかりとしていた。「あの男、何をしたの？」と言い、一つ一つケージを見て回った。弱りきっていた私は立ち上がることもできなかった。「助けて」と言った。

リリーは私のケージの格子をつかみ、がっしりとした両手で揺さぶった。「生きてるのね」

「生きているよ」と私は答えた。「かろうじてね」

「どうやってわたしに話しかけてるの？」

「君の神は死んだんだよ」と私は言った。

「そうね」と彼女は言った。もう一度ケージを揺さぶり、扉にかけられた南京錠を調べた。「マンデラでいろいろ噂が回ってるわ。政府は黙らせたがってるけど。みんな、神がいないことのほうが兵士よりも怖いもの。だから喋るのよ。ムバラクが関わってるって話よ」

「説明してあげることはできるよ。でも今は――」

「そうだったわね。もちろんよ！」彼女はさっと立ち上がった。「ケージを開けるものを探してくるわ」部屋から出て、しばらくしてからハンマーとかなてこを手に戻ってきた。かなてこの尖ったほうの先を閂《かんぬき》に押し込み、ハンマーを頭上高く掲げ、力強い一撃で錠をこじ開けた。

Q？

――リリーは細身だったが、とても力があり、ぐったりとした私を抱え上げて、数マイル離れたところにあるマンデラのスラム街まで歩いて運んでくれた。長屋型の建物で、父親と二人で暮らしていたんだ。

Q?

――リリーと同じく、彼女の父親も優しく、私の世話を手伝ってくれた。近所の井戸から水を汲んできてくれたし、ハトの心臓をすり潰し、私が消化できるようにペースト状にしてくれた。でも、娘と違って彼は弱い人間で、細い両腕はしなびていたし、ナツメヤシを蒸留して作る自家製の酒に目がなかった。

Q?

――体力が回復した私は、二人が耳にしていた話が本当だと認めた。創造主は死んだのであり、その事実が世界中で第一波の衝撃をもたらしつつあるところだった。そうとは知らずに創造主の一部を口にしてしまったこと、変身したことも話した。

「じゃあ、あんたが神だ」とリリーの父親は言った。

「何ですって？　違うわ、パパ」

「だってそうだろう？　神の体を食べたんだぞ。見てみろ、犬が人間のように喋っているじゃないか。俺たちが聞いたこともないような世界のことを教えてくれるんだ。アメリカだぞ？　アメリカの名前以外のことを知ってるやつがここにいるか？　でもこの犬は知ってる。何でも知ってるんだ」

「私はあなたがたの神ではない」と私は言った。

「この犬は神じゃないのよ、パパ」リリーも言った。

「何とでも言えばいい」と彼女の父親は言って、ナツメヤシ酒を瓶から飲んだ。

Q？

——リリーは私のそばにいて、父親からもしっかりと守ってくれた。スラム街では緊張が高まっていた。人々は毎日のように行方不明になり、冒瀆と煽動の嫌疑で兵士に連行され、オムドゥルマン刑務所に送られていた。軍のトラックが舗装されていない道路をゆっくりと回り、指定された礼拝の日に教会やモスクに行くように放送を流していた。リリーにとっては、苦々しいユーモアでしかなかった。

「きっと必死なのね」と彼女は言った。「前はわたしたちの教会をブルドーザーで倒して、瓦礫の上に団地を建てていたのよ。それが今になって、毎週日曜日に必ず教会に行きなさいですって」

ある晩、私が寝たふりをしているのをよそに、リリーと父親は私のことで言い争いになった。

「人々の助けになれるんだぞ」と父親は言った。

「危険だわ」リリーは言った。「政府にばれてしまったらどうするの。きっとそうなるわ」

「人々に希望を与えられるんだ。俺の仲間にも。みんな、いい未来が待ってると知りたがってるんだ」

「そうならなかったらどうなるの、パパ？」リリーは鋭く訊いた。

「他にもある」と彼は言い、話を逸らした。「家族がどうなったのかとか。何年も心から離れなくて苦しんできたことが終わるかもしれない」

「あら、ついに本音が出たわね。パパの友だちの話じゃないでしょ？　自分の話だわ。パパが知りたがってることよ」

「そうとも！　当たり前じゃないか！　お前だって、母さんや姉さんたちがどうなったのか、興味はあるはずだろう」

「パパ、わたしはもう知ってるわ。死んでしまったのよ」

数秒間沈黙してから、彼は「知ったつもりか」と言い返したが、静かな声になっていて、囁くような声音だった。

Q？

――リリーの言った通りだよ。彼女の母親と二人の姉はジャンジャウィードに拉致され、十五年後、売られた先のヤギ農家の男に殺されてしまっていた。だが、ある日の午後、リリーが小麦粉とレンティル豆を物々交換で手に入れようと外出している隙に、父親が私の元に来たとき、彼女たちの末路を告げる勇気は私にはなかった。彼は優しくしてくれたし、そのお返しがしたかったんだ。

Q？

――彼女たちは農家の手から逃れて、ダルフールのニャラの近くで暮らしている、と私は言ったよ。もう何年も経ってはいるが、彼女たちは家族が再会することをまだ願っている、とね。

今から振り返れば、このとき、私は本当の意味で人間の群れに仲間入りをしたと言えるだろうな。

Q?

――リリーは怒っていたよ。訊ねた父親に対して、そして答えた私に対して。母親と姉たちは本当にまだ生きているの、と訊いてきた。他にどうしようもなく、そうだと私は言った。

彼女はその晩、夜通し泣いていた。父親はナツメヤシの酒を断つと誓い、マンデラを歩き回って私のことを吹聴し、近所の人たちを呼んできて私と語り合わせる計画を立てていた。

Q?

――翌朝、人々がやってくるようになった。衣類や宝石、白檀の木、くしゃくしゃになったディナール紙幣の塊、籠に入った食べ物などを持ってきていた。リリーの父親はその贈り物を受け取って、一人一人中に案内した。ほとんどの人、特に女性は、すぐさま私の前にひざまずいた。もっと懐疑的な者はひざまずくことはなかったが、それも、頭の中で私の声を聞くまでのことだった。キリスト教徒も、イスラム教徒もいた。こぞって未来のことや過去のことを知りたがった。姿を消してしまった父親のことや、ずいぶん前に死んでしまった祖母のこと、盗人になってしまった息子たちについて訊ねてきた。正直な答えが具合の悪いものだったとき（ほとんどの場合はそうだったが）、私は嘘をついた。死んでいる父親は戻ってくると言い、存在しないことは百も承知の来世で祖母は幸福にしていると言い、精神病の息子は、注がれた愛情をいつの日か十倍にして返してくれると言った。余命数週間の子どもたちを治したふりをしたし、極貧の人たちには大金が転がり込むよう祈ってみせた。私に会った人たちは、皆幸せな気分で出ていき、顔には驚きと感謝の涙が筋になっていた。私に差し出せるものはないかとポケットを探り、土の床にコインや糸くずをまき散らす者もいた。夜になるころには、部屋の表の通りを埋める人だかりは大きくなる一方で、リリーの父親は、もう帰って朝に出直すよう彼らに告げた。

Q?

――その晩、彼はモロコシとトウモロコシ、ラムチョップのご馳走を作ったよ。リリーは食べようとはしなかった。黙って自分の寝床に腰掛け、部屋に一つだけある窓の向こうをじっと見ていた――まだ通りで待っていて、灯油が燃えてゆらめく炎に照らされた、希望に満ちた人々の顔があった。夕食が終わると、父親は贈り物を数えた。酒がないせいで両手は震えていたが、微笑み、金を高く掲げて振り回した。

「そのうちにニャラまで行けるくらいになるぞ」とリリーに言ったが、彼女は聞いている素振りをまったく見せなかった。

Q?

――彼女が黙って見守っているうちに、噂は広がり、はるばるウガンダやコンゴからも人がやってくるようになった。恐怖と絶望とお金を抱えてやってきて、そのすべてに別れを告げて私の部屋を去っていった。そうした巡礼者の多くは家族連れでやってきて、仮設の小屋を建てた。二週間後には、マンデラの人口は三万人増加していた。夜には皆で火を囲み、神を讃えて歌い、新たな信仰によって団結していた。

Q？

――確かに悩んだよ。善意からついた嘘だとは言っても、それと引き換えに、彼らのわずかばかりの財産を奪ってしまうのだから。辛かったのは、咎めるようなリリーの目つきだった。でも、私は仲間に入れてほしくてたまらなかったのだし、ようやくそれを手にしたところだった。少なくとも、そのときはそう思っていた。崇拝の対象になることは排除の最たるものなのかもしれない、などとは思いもよらなかった。

Q？

――リリーが予言していた通りの結末だった。人々がマンデラに巡礼して、犬を神のごとく崇めていることを政府が知り、兵力を投入してきた。彼らがスラム街に突入してきた日は激しい雨が降っており、ブリキの屋根を猛烈なリズムで叩いていた。遠くのほうで鳴っているのは雷鳴だろう、と皆は思っていたが、私にはわかった。

「リリー、彼らが来ているよ」と私は言った。「装甲車に乗って、ライフルを持っている。私を捕らえに来るんだ」

「みんなは戦うでしょうね」彼女は言った。「あなたのために戦って、死ぬのよ」非難するような口調だった。

「どうしてこんなことに」

「もう行って」と彼女は言った。「でもその前に、訊きたいことがあるの。母さんと姉さんたちのことで嘘をついたのはなぜなの？」

私は黙っていた。

「どうして？」彼女はもう一度訊いてきた。

そして、何週間かぶりに、私は本当のことを口にした。「わからない」

Q？

——リリーが私を持ち上げて窓の外に出してくれて、私は逃げ出した。南に向かって走り、戦闘が行われている方向に押し寄せる崇拝者たちの果てしない海を縫うように進んでいった。暗闇のなかでは誰一人として私に気づかなかった。再び砂漠に飲み込まれるまで走ったよ。雨を振り切って、足の下の砂が乾いた感触になるまで、止まらなかった。

Q？

——その夜、何百人という人が死んだし、そのなかにはリリーもいた。彼女は群衆のなかでただ一人、正しい理由のために戦った人間だった。雨のなかで仁王立ちになって、石を投げたんだ。力強い手で兵士の手からライフルをもぎ取り、銃をその兵士に向ける前に、しっかりと聞こえるように、自分の母親の名前を口にした。

Q？

――彼女の父親は捕らえられた。数カ月後に、オムドゥルマン刑務所で、独房で醸造された酒にあたって死んだよ。

Q？

――今の気持ちはどうかって？　こう答えることにしようか。私はハルツームにはそれっきり戻らなかったし、人間が集うところにも一度も足を踏み入れなかった。平凡な犬として生活しているよ。独りで狩りをすることは難しいし、寂しい気持ちになることもしょっちゅうだけれどね。あの夜以来、人間と話をしたことは今までなかった。それで私の気持ちはわかってもらえるだろう。

Q？

――いや、これで終わりではないだろう。君がし損なっている質問が一つ残っているよ。答えを知りたいがために地球を半周してきた質問だ。

Q？

――そう恥ずかしがらずに。ほら、私だってちゃんと心得ているさ。例えば、今までに会ってきた何千人という陳情者と君とは特に変わらないということも知っている。ただ、君には真実を話したという点では違うけれどね。だから、今さら質問をする必要はないよ。君はもう答えを手にしているからね。

Q?

――その通り。私に答えはない、というのが答えだ。慰めを与えることはできないし、見通しもほとんど与えてやれない。私は君の神ではない。もしそうだとしても、救済や意味を求めることのできる神ではない。もし空腹であれば、一片のやましさもなく君を食べてしまうような神だ。私と出会う前と同じく、君は丸裸で孤独なままだ。そこで、問いは次のようなものになる――この知識を甘受して、それでも生きていけるか？　それとも、押し潰され、中身を失い、君も抜け殻になってしまうのか？

救済のヘルメットと精霊の剣

主が課せられた務めをおろそかにする者は呪われよ。
主の剣をとどめて流血を避ける者は呪われよ。
——エレミヤ書　第48章10節

「進化心理学軍、ニューギニアを制圧」

——ポストモダン軍、オーストラリアの「防御不能」要地を捨て
ハワイ諸島に撤退

【ポストモダン人類学軍第八艦隊、太平洋（AP通信）】中国の人海戦術を盾とした進化心理学軍は、水曜日に首都ポートモレスビーを掌握し、ニューギニア島におけるポストモダン人類学の組織立った抵抗を完全に終結させた。守備隊の大部分とともに首都の放棄を拒否していた三千人のポストモダン海兵隊員は、捕虜となったのちに処刑された。

グエン・ドゥン進化心理学首相は声明で、「弱者を滅ぼすのは人の性《さが》である」と述べた。「したがって、君たちの兵士を処刑する以外に選択肢はなかった。ただし、謝罪の意を表したい。この戦争自体もすまないとは思っている。悲しいことではあるが、争いは人間の性であるし、それに対し

て我々は無力だ。それは君たちも同じことだ」

親はわかってくれない。

十六歳も後半に差しかかると、アーノルドは以前にも増して頻繁にそう考えるようになった。今日もそう思いつつ、彼は浜辺のいつもの岩に座り、空と海が交わる水平線に消えていくフェリーと、それが漁船ではなくて餌にはありつけないとも知らずに後を追うカモメを見ていた。恐ろしく重い鞄を、まだ満潮の水分が残る地面に置いていた。鞄を担ぎ直して家に歩いて帰るときには、背中に湿り気が移り、死んだ貝の臭いもするだろう。だが、気にはしていなかった。タバコに火をつけ、革のような肌をした本土の漁師たちがポールモールを手術で口に移植したようにくわえタバコをする真似をし、手慣れていて平然とした風を装おうとしたが、うまくいかなかった。彼は煙を浅く吸い込み、それから慎重に肺まで深く吸い込んだ。フェリーを眺めていると、自らが瞑想中であり、大事な思考で頭が満ちているような気分になった。彼は一人の観客を想像し、ショーを演じていた。そして、お呼びではない本物の観客が――母親のセリアという姿で――いつ現れてもおかしくないことはわかっていたが、それも気にしてはいなかった。

彼は恋をしていた。そして、他のことと同じく（例えば、アーノルドがポストモダン人類学に傾倒しつつあること）、彼の両親はそれもわかってくれなかった。

ただし、アーノルドはそれなりに頭が良く、生活はかくも変わってしまったとはいえ、昔からそれほど変わってはいないものもあることは承知していた。十代だったころの父親とセリアも、まさに同じことで家族と衝突していたに違いない。父親はそうではなかったかもしれないが、セリアに関しては間違いない。アーノルドには若き母親の姿が想像できた――門限を破り、車を荒っぽくかっ飛ばし、付き合いを禁止されている柄の悪い男子たちを飲み負かし、彼らをベッドに連れ込む。そのうちの一人と恋に落ちたりもしたかもしれない。そのことで父親と喧嘩になり、しばらく家出する。唯一の違いと言えば、彼女も父親も、アーノルドの恋の相手に反対しているわけではないことだった。実のところ、二人はアマンダに会ったことはなかったし、それはアーノルドも同じだった。問題は、彼女に対する恋のあり方だった。そこが、親にはわかってもらえなかった。世界はもう変わったというのに、両親は乗り遅れていたのだ。

新しい恋愛の形とは、こういうものだった――腰を下ろしたアーノルドは、近寄れない距離から、優しく、アマンダが見守ってくれていると想像する。彼女はどこにもいないが、同時にどこにでもおり、彼が浜辺でタバコを吸っていようが、シャワーを浴びながら口笛を吹いていようが、進化心理学の邪悪さについての授業に耳を傾けていようが、彼を見ている。どこにいようと、何をしていようと、彼女は一緒で、寝ているときですら見守られているというその感覚は、気が安らぐことのない激しい高揚感をアーノルドにもたらした。

安らぎを求めていた、というわけではない。実際のところ、彼は十代に特有の愛の興奮に溺れており、何ページも詩を書きなぐってアマンダに捧げ、毎日数百通にのぼるメールを彼女の携帯に送った（ありがたいことに、彼女から返事が来ることはなかった。彼女と本物の触れ合いがあり、実際にやり取りが始まってしまえば、すべては台無しになってしまうし、アーノルドも、彼の周りの男子たちも皆、本能的にそれを理解していた）。歯を磨くときですら、自らの姿がアマンダの目にどう映るかを考えずにはいられなかった。姿勢はどうだろうか。上下にではなく円を描くような歯ブラシの動きや、顔をすぼめて奥歯に届くように磨くやり方は、彼女に気に入ってもらえるだろうか。

タバコの吸いさしを、アマンダが喜ぶであろう軽快な手つきで弾き飛ばそうかというとき、断崖の上にセリアが姿を見せた。ズボンの裾を大きく折り返し、貝掘り道具を手に持っていた。

アーノルドはぽつりと「クソッ」と言った。慌ててタバコを捨てたせいで、弾き飛ばすというよりは落としてしまった。吸いさしは弱々しい軌道を描き、彼のブーツから十センチも離れていない砂地に落ちた。アマンダの心をとらえることはできそうにない。

「また吸ってるの？」近づいてきたセリアは言った。裸足が残す足跡に、滲み出た海水が水溜まりを作っていた。「火に油を注ごうってのかしらね？」

アーノルドは無言だった。母親が気分を害しているときはただ耐え忍び、終わるまで待つのが得策だった。彼女は彼より口が達者だったし、弁解や反論を試みても、さらに辛辣な言葉が返ってくるだけだ。

セリアは熊手とスコップが入ったバケツを彼に手渡した。まだ喋りながら、彼女はズボンをさらに膝上までたくし上げた。「焦んなくていいわよ。別に気にしてないもの。何たって、わたしはたまたまあなたの母親ってだけのガミガミ女ですからね。吸いたきゃ吸いなさいよ。パイプでも吸えば。マリファナやったっていいわ。バナナの皮をすり潰したやつとかね」ズボンを上げ終えたセリアは両手を差し出し、アーノルドは何も言わずに道具を渡した。「その気があるうちに家出して入隊すればいいのよ」とセリアは続けた。「戦争に行けば。ポストモダン人類学の栄光のために蜂の巣にされなさいよ。スープ用のスプーン一つで進化心理学の小隊を一つ全滅させてみなさい。わたしが気にするとでも？」

アーノルドはむっつりと睨み返すだけだった。彼が声を上げて自らを弁護し、自主独立を主張することをアマンダは求めるであろうとはわかっていたが、ことセリアが相手となると、こっそりタバコを吸うなど、間接的に反抗する用意しかなかった。それに、当てずっぽうで話しているときでも、母親は常に当たっていた。彼は戦争のニュースに目を通しており、進化心理学軍がニューギニアとオーストラリアの大部分を制圧したことを知っていた。そして、恐怖と熱意が奇妙に入り交じった心持ちで、とりわけこのような重大な局面においては、ポストモダン党員（未成年党員ではあったが）としての信念を守る義務がある、と考え始めていた。

それだけでなく、アマンダが見守るなか、進化心理学軍の隊列に勇ましく斬り込むのだと考えると、彼の股間はうずうずした。

だが、どうしていつも母親に見抜かれてしまうのか？　彼は頭の中で考えているだけだというのに？

二人とも黙ったまましばらくすると、セリアは少し和らいだ目つきになり、彼にスコップを差し出した。「ねえ。クラム貝掘るから手伝って」

アーノルドは躊躇した。堂々とセリアと交戦することが怖いからといって、休戦を受諾せねばならないわけではない。もう長いこと、彼女とクラム貝掘りをしていなかったが、彼がまだ小さく、本土にある学校に通い始める前は、二人は毎日のように潮干狩りにでかけたものだった。彼は貝掘りが好きだった。一つの目的によって母親と団結し、かわいがられるよりも役に立つ存在となり、自分一人で、クラム貝が入った大きなバケツを両手で持って帰った。父親はもうガスコンロでお湯を沸かしており、やかんの蓋から湯気が吹きこぼれていた。そして、テーブルを笑いが囲み、指をバターと海の塩で濡らし、自ら働いて手にしたものを食べることは、まだ子どもだったアーノルドにも大きな満足感を与えた。

だが、彼はもう子どもではなかった。そして近頃の夕食はしばしば、楽しくも何ともない無言の場だった。彼はセリアが差し出したスコップに背を向け、砂地に置いた鞄を拾い上げた。

セリアは肩をすくめた。「お好きにどうぞ」と言った。その声音は少し突き放したように思え、母親を傷つけてしまったと知った彼はたじろいだ――もっとも、それこそ彼の狙いだったのだが。

自分の部屋に戻ったアーノルドは、壁にかけたアマンダの額入り写真の下の棚にロウソクを二本ともした。ベッドに腰掛け、携帯をチェックする。十代の付き合いになくてはならない機械であり、セリアは抗議したが、最近になって父親が賛成して買ってくれたものだ。新着メールは二五三件、すべて、本土の女子高校の二年生、リサ・ベアードからのものだった。これが新しい恋愛の形だった。同年代の子たちと同じく、アーノルドにも、会ったこともなく一切メールに返事もしない崇拝者がいた。彼はメールを読まずに消去し、アマンダに宛ててメールを打ち始めた。

神聖なるアマンダ様、おれの口を開いてください、そうすれば、あなたを讃える言葉を贈ります。

ではまた

アーノルドはメールを送信した。携帯をそばに置き、ブーツをはいたまま足を布団に載せてヘッドボードにもたれかかり、しばし考え込んだ。また携帯を取り、打ち始めた。

神聖なるアマンダ様、

どうもうまくいかなくて、助けてほしいんです。ここにはもう居場所がない感じで。おれはもっとでかいことをするよう定められてる。あなたがしてほしいとおれに思うようなことを。ポストモダン人類学の教えでは、おれたちが人生で何をするか、どんな人間になるかはおれたち次第なんだって言ってます。でも、自分が準備できてるかわからない。

ではまた

アーノルドはメールを送信し、ごそごそと鞄を漁り、教科書の『制度的自己』を見つけた。ページをめくり、オスワルト先生から宿題に出された部分を読み始めたが、一度には二、三段落しか読めず、注意が散漫になり、またアマンダのことを考えていた。彼女にまた短く信心深いメールを送り、改めて教科書を読もうとしたが、目はほとんどひとりでに、彼のベッドの向かいにあってすぐ見られるようになっているアマンダの額入り写真に行ってしまった。女子高校の記念アルバムを拡大コピーしてきた写真だった。額から下がるブロンドの緩い巻き髪によって二分されたアマンダの目は、ロウソクの光のなかでちらちらと揺れていた。アーノルドの浜辺の海と同じ青色だった。海のようにしっかりと慈悲深く、彼女の目は彼をじっと見つめていた。アーノルドの体から、強烈な身震いがゆっくりとわき上がった。まだ新鮮な、彼の息を詰まらせるほどのその感覚は、唯一知っている方法で発散させるほかなかった。見つからないように、彼は手早く済ませた。ティッシュを何枚か取ってきれいに拭き、机の下にあるゴミ箱の一番下に捨てた。アマンダにもう一通メールを送って教科書に戻り、どうにか二十ページ読んだところで、父親が静かに二回ノックした。

「いいよ」とアーノルドは言った。

父親はドアを開けた。「晩ご飯だぞ」

アーノルドは本から目を上げなかった。「わかった。すぐ行く」

父親はまだドアのところにいた。「アーニー、靴をはいたままベッドに上がったら母さんに怒られるのは知っているだろう」

まだ本を読みながらアーノルドが動かした両足は、不自然にベッド脇から宙に浮いた。

「頑張ってるな」と父親は言った。「でも、言いたかったのは、母さんを怒らせるようなことをわざわざする必要はないってことだ」

アーノルドはその言葉に顔を上げた。「父さん。おれはポストモダン人類学主義者なんだ。別に何もする必要なんかないよ。自分の運命は自分で決めるよ」

「そうか」と父親は言い、甘やかすような笑みを押し殺そうとした。「ということは、今度ベッドで靴をはいているところを見つかったら、母さんの手で苦痛に満ちた死を迎える運命だとわかっているんだな」

「太平洋戦線の戦局は『絶望的』」
――ポストモダン海兵隊、カウアイとオアフで「玉砕」守備戦を覚悟

【ポストモダン人類学海兵隊第三遠征旅団、カウアイ島（AP通信）】ハワイ諸島最西端にあるカウアイ島の海兵隊員たちは、水曜日、進化心理学軍の攻勢に備えて対戦車障害物を設置し、海岸を見下ろす丘にはトーチカを築き、砲座を強化した。その間に、ニューギニアでの敗北から船で撤退してきた部隊が、先週火曜日より続々と到着し始めた。海兵隊第三遠征旅団司令官のフランシスコ・ガルシア大佐は「当然ながら、避けられないものなど存在しない」とコメントした。「ご存知の通り、この状況には何通りもの解釈があり得る。だが、数週間後に攻勢があるということはどうやら確実だ。それに、オーストラリアとニューギニアから到着した部隊を合わせても、我々はかなり劣勢だ」

「君たちに宿題で読んできてもらった教科書の部分が提起している、我々にとっての難問の一つは」と、オスワルト先生は生徒たちに言った。「ポストモダン人類学主義者としての原則と、我々の安全

とのバランスをどう保つのかということだ。『安全』と言ったが、もっと劇的に言えば、我々の生き方を存続させることだ。誰かこれについて意見は？」

ほとんどの男子学生は、窓の外の野球グラウンドで草を食んでいる雄ヘラジカの姿に目を奪われていた。教室の後方に座っていたアーノルドは、アマンダは彼に手を挙げてほしいと思うだろうか、と考えていた。

「マカッチャン君は？」机の間をゆっくりと歩き回りながら、オスワルト先生は言った。

ケリー・マカッチャンは咳払いした。「質問の意味がよくわかりません」

オスワルトは中指で眼鏡を押し上げた。「読んできたのかな？」

「だいたいは」

「だいたいは、か」とオスワルトは繰り返した。「つまり、何ページかぱらぱらめくったということだな」彼は教室の前に戻り、教卓に寄りかかった。「私が言いたいことがわかる人は？」

「どの枠組みも他より優れているわけではない、と我々は信じています」とアーノルドは発言した。

「まさしくその通り」オスワルトは言った。「憲法にこう明記されている。『議会は認識論に関わる法律の作成をすることはない。多様な理論は多様な視点を提供し、したがってそれらは等しく正当だからである』ということは……」

アーノルドは躊躇った。「どう言えばいいのか、はっきりとは」

「簡単に言ってしまえば」オスワルトは言った。「我々が進化心理学主義者相手に行っている戦争は、我々が闘って守ろうとしている原則そのものに反しているということだ。何といっても、進化心理学は我々の憲法によって保護されている枠組みの一つなのだから」

この言葉に、教室にいる二十人の男子たちは一斉に怒りの声を上げた。

「そりゃそうだけど、あいつらは悪じゃないか！」

「戦争を仕掛けてきたのはあいつらだ！」

「進化心理学のやつらは野蛮人だ！　暴力しか頭にないんだ！」

オスワルトは両手を上げ、静かにするよう合図した。「君たちが興奮しすぎる前に、わかってもらいたいんだが、私も同感だ。戦争を始めたのは彼らのほうだ。野蛮な連中だよ。まさにそれが理由で、我々のように進歩して洗練された社会においてもなお、脅威に立ち向かってそれを乗り越えるためには原則を犠牲にせねばならないときがあるんだ」

それまではずっと黙って机を見つめていたマイク・ラボトーが、目を上げずに口を開き、「あいつらが憎い」と言った。

オスワルトはマイクのそばに行き、彼の肩に手を置いた。「もっともだ、ラボトー君。もっともだよ」

外の野球グラウンドでは、ヘラジカが頭を上げ、差し渡し二メートルになろうかという、無数の先端を持つ角を見せつけた。ホームチームのダグアウトに向かって動く、長く節くれだった脚は物憂げに広がっていた。

「今日はここまでにしよう」とオスワルトは言った。生徒たちは席から立ち上がり、本や携帯を鞄に詰めた。「来週は二十六章から三十章までを議論するから、ちゃんと読んでくるように。それから日曜日、ラボトー君の兄さんのポールを追悼するパレードで会おう。良い週末を」

アーノルドは家に戻るフェリーでタバコを吸った。これならセリアに見つかることはない。午後は父親の菜園仕事を手伝った。二人で畝の雑草を抜き、収穫したキュウリとニンジンでアーノルドがサラダを作る間に、父親はシマスズキの切り身を照り焼きにした。

夕食の席で、アーノルドは皿のそばに携帯を置き、二、三分おきにフォークを置いてアマンダへのメールを打った。

「あの子、会話にあれを使うことってあるのかしら?」とセリアは訊いた。

「ほとんどメールだよ」アーノルドの父親は言った。「最近の子たちはそういう使い方をするんだ」

神聖なるアマンダ様、とアーノルドは打った。**おれは根性なしです。**

「ま、最近の若い子たちのすることって意味不明よね」とセリアは言った。「どうやって付き合いってものをするつもりなのかしら?」

「発達途上の段階なんだよ、セリア。研究によると、みんなそれから卒業して、普通の人間関係を築くようになるんだ」

「あなたは専門家ですからね。でも、この子ももういい加減に発達の段階から一休みして、わたしたちとの食事に参加してもいいんじゃないかしら」

母さんに立ち向かうこともできないくせに、戦争に行く勇気など出るんでしょうか?

「夕食のときくらいしまっておいてほしいのよ」とセリアは言った。「失礼じゃない」

「一緒にいる人がその場にいないみたいに話をするのも失礼だよ」とアーノルドの父親。

「また例によってあの子の味方をするのね」

父親はため息をついた。「アーニー、電話をしまいなさい」

おれは父さんそっくりなんです。平和を守っていい気になってる。情けないと思われて当然です。でも頑張ります。ではまた
アーノルドはメールを送信し、携帯を尻ポケットにしまった。「日曜にパレードがあるんだ」彼はシマスズキをフォークでほぐしながら言った。「マイク・ラボトーの兄さんのために」

「ニューギニアで戦死した子か?」

「そう」

「おぞましい戦争よね」とセリアは言った。

「良かったら一緒に行こうか」と父親は言った。

「わたしは行きませんからね。そもそもどうしてこの島に来たのか、ここでじっくり考えるわ」

「そうしとけよ、母さん」とアーノルドは言い、それっきり口をつぐんだ。

驚きの沈黙がテーブルを包み込んだ。アーノルドの父親は目を閉じ、親指と人差し指で両まぶたを揉んだ。

「いいわよ、アーノルド。受けて立つわ」セリアは言った。「ついに来たってわけね」

「喧嘩は嫌だよ」

「そりゃそうでしょうよ。こっそり反抗して、わたしがあなたの人生を惨めにして喜んでるってですねてたいんでしょ。でも挑戦状が出たわ。何か言いたいことある？　聞きましょ」

「ないよ。ねえ、悪かったって」

「あら、気が変わったの？　そう。でも、もし良ければ、わたしは胸の内から吐き出してしまいたいことがいくつかあるの」

「セリア……」父親が言いかけた。

「いいえ、言わせて。そのほうがいいわ。そもそも、あなたが甘やかしてばっかりだから、今になってこんな話をしてるのよ。学校なんて名ばかりのプロパガンダ工場に行かせてもいいって決めたのはあなたでしょ――」

「同じ年頃の子たちと一緒にいるほうがいいんだよ」と父親は言った。

「電話を買ったのもあなたよ。だから解決に力を貸すくらいはしてもいいんじゃないかしら。一度くらい」

アーノルドの父親は皿の上にナプキンを投げ、腕を組んだまま何も言わなかった。

セリアはアーノルドに視線を戻した。「ちょっと視野を広げてみたらどうかしら。つまりね、あなたは自分が生まれてきた世界だけ、一つしか世界を知らないのよ。でも、わたしと父さんは長く生きてきたから、全然違う世界を三つ見てきたわ。しかも、新しい世界になるたびに前より悪くなった。だから、今回のポストモダン人類学とかいうナンセンスが始まるころには、わたしたちは」――彼女はここでアーノルドの父親を当てつけがましく見た――「わたしたちはもう金輪際関わり合いにはならないって決めたわけ」

でもおれはあんたたちとは違う、とアーノルドは思ったが、口には出さなかった。

「わかってちょうだい。わたしだってお隣さんがいたらいいのにって思うことはあるわ。マニキュアとか、電気とかもね。でもそんなのと引き換えに、ポストモダン狂いたちと一緒に暮らして、子どもたちが殺戮に送り込まれるのを見守るなんて――そんなのごめんだわ」

アーノルドは皿の上の魚を見下ろし、身を食べたあとに残った油っぽい皮をじっと見た。

「どうしようもないクソババアだって思ってるんでしょ」とセリアは言った。「それでもいいわ。役回りにつきものだもの。十六のあなたからしたら、わたしはわからずやのババアよね。結構よ。わたしが頼みたいのは一つだけよ。わたしは何も好きであなたに辛く当たってるんじゃなくて、周りがどう思っていようと、あなたが世の中を知るのはまだ先のことだから厳しくしてるんじゃないかってことを考えてほしいの」

アーノルドは皿を押しのけ、ささやかに意思表示した。

「それと、あなたを愛してるから」

「もう上がってもいい?」とアーノルドは訊いた。

「アーニー、座ってじっくりと話し合うんだ」と父親は言ったが、セリアはもういいと手を振った。

アーノルドは席を立って階段を上がり、自分の部屋に向かい、ポケットから携帯を取り出しつつ、ドアを体の後ろでぴしゃりと閉めた。

神聖なるアマンダ様、初めて母さんがかわいそうになりました、と彼は打ち込んだ。**今までの人生で、何も信じるものがなかったんです。**

「メルボルンで自爆攻撃」

――ポストモダンゲリラ、スタジアムや港湾で自爆

【進化心理学軍占領下のメルボルン（AP通信）】現地のポストモダン抵抗勢力は、一連の自爆攻撃を土曜日に行い、推計で七十五名の進化心理学突撃隊員が死亡するとともに、間近に迫るハワイ攻撃に備えて兵力が船に乗り込む集結エリアが破壊された。爆発により、十名ほどの民間人も犠牲となった。

「兵士たちを失い、ハワイ侵攻の予定がわずかに遅れたことは遺憾である」と、進化心理学首相グエン・ドゥンは声明を発表した。「だが、君たちの暴徒が人間の本性に従って戦い続けていることは賞賛する」

日曜日は四月中旬にしては暖かく、日光が燦々と降り注ぎ、パレードにはうってつけの日となった。アーノルドと父親がフェリーに乗って本土に行き、群衆について町の中心に入ると、中央広場沿いに十人、十二人と並んで行進の開始を待っており、眺めの良い場所を取り合っていた。父親の肩の上に担いでもらった小さな子どもたちが、人ごみの上に浮かんでおり、いたいけな拳に小さな旗を握っていた。誰に言われるともなく、人々は年寄りと体の不自由な人がローンチェアに座れるように、道路沿いの場所を空けていた。

パレードは十時ちょうどに始まった。二人がいる広場の西端には、目に見えるよりも先に音が届いた。まず、歌をがなり立てる拡声器がゆっくりと近づいてきた。それが近くなると、アーノルドには何の曲かわかった。「君よ気高くポストモダンたれ」――前回の戦争中、まだアーノルドが家で教育を受けていたころに流行した国歌。しかし今回の歌は激しいダンスビートに乗せられており、六歳から十歳まで、スパンコールの付いた紫のレオタードとタップシューズという格好の女の子たちのグループが、低く響くベースに合わせ、さして一体感のないダンスを披露していた。その後ろには、装甲付きの人員輸送車、迷彩のトラックに引かれた二門の大砲、そして、それに続くトレーラートラックの側面には、険しくもハンサムな顔の軍服姿の若者たちがシルクスクリーン印刷されていた。「誇り高き少数精鋭」と書いてあった。

観客たちが拍手を送るなか、パレードは二十分以上かけてゆっくりと目の前を通っていった。消防車がライトを回し、エアホーンを鳴らした。マーチングバンドが行進し、退役兵たちの小集団も、もう体に合わなくなった昔の軍服を着てよろよろと行進した。シュライン会会員たちは、膝を耳につけるようにしてミニカーに乗り込み、8の字を描いてぐるぐる回り、ちょっとした笑いを誘った。行進のしんがり、コンバーティブルの車に、マイク・ラボトーと両親が乗り込み、喝采する群衆に対し、弱々しく、おざなりに手を振っていた。

広場の中央には、町のシンボルである「自由意志の木」――苗木として贈呈されたオリジナルの自由意志の木がビーバーによって倒されてしまったために植樹された、古いニレの木――があり、その日陰になるように、移動式のステージが設置されていた。コンバーティブルは木に差しかかったところで急停止し、町長と、海兵隊の軍服を着た長身で白髪まじりの男が、ステージへの階段を上がってきたラボトー一家を迎えた。

一家が着席すると、町長は中央ステージにある演壇に歩み寄った。「皆さん、今日はお集りいただきありがとうございます」とマイクに話しかける彼の声は、広場を囲む建物のレンガ造りの正面に当たってこだましていた。「皆さんは、戦地に倒れた我らが英雄、ポール・ラボトー伍長と彼の家族に敬意を表すべく、ここに集まってくれました。私たちの多くが知るポールは、頭の良い、誠実な若者であり、熱烈なポストモダン人類学党員でもありました。彼の人となりに触れたことで、私たちの人生は明るく豊かなものになりましたし、とりわけ今、ポール・ラボトーのような若者が何よりも必要とされているときに、彼を失ってしまった悲しみは、言葉になりません」

ほんの数分前まではあれほど活気に溢れていた群衆は、町長の弔辞の前に静まり返った。

「皆さんの多くが知る通り、ポールはニューギニアから撤退することを拒んだ海兵隊員の一人でした。進化心理学に一インチの地も渡すまいと、確実に死ぬ運命を選んだのです。彼は遥か遠方の異国の地に倒れ、愛する人々からは離れていましたが、ポストモダン人類学と、私たちの闘争の大義を信じる心に慰められたことでしょう。この勇気と自己犠牲の精神に頭を垂れない人はいないと思います。私たちが何をしようと、ポールが自由意志のために払った犠牲には及ぶべくもありませんが、私たちにできることがあるとすれば、それは、彼の犠牲を祝福して記憶し、彼に続くよう他の者たちを勇気づけることです。そのために、私たちがこの勇ましき若者を心に刻み、また、彼の名前と物語が未来の世代に受け継がれるよう、今日、四月十六日を、この町の『ポール・ラボトー伍長記念日』とすることをここに宣言します」

集まった人々は、一斉に恍惚とした拍手を送った。旗があちこちで揺れた。アーノルドの近くに立っていた二歳ほどの男の子は泣き声を上げ始めたが、騒音でかき消されてしまった。

町長は両手を上げた。「皆さん、静粛に。静粛にお願いします。大佐からもう少しお話があります。皆さん、ジーン・レドモンド大佐です」

またわき上がる拍手のなか、軍服姿の男が演壇に上がった。刈り上げられた灰色の毛を片手で撫でた。「町長ほどの話をできる人はいないでしょう」と、肩越しに振り返り、すでに着席している町長に微笑みかけた。「私も無理はしません。私がお伝えしたかったのは一つだけ、ここにいるマイク・ラボトー君が、我々があらゆる頑強な若者を必要としていることを理解し、高校を一年早く終えて海兵隊に入隊する決意をした、ということです。ご両親はすでに息子を一人失っていましたが、彼の決断に祝福を与えました。もちろん、両親に他の選択肢があったわけではありませんが、要点はそこではありません。皆さん、この人たちこそ共同体の大黒柱なのです。通りで彼らを見かけたら毎回呼び止めて、感謝すべきです。エンジンオイルの交換も、衛星放送も無料で提供すべきです。家を訪ねて、買い物や犬の散歩を代わりにするのです。さらに言えば、彼らを模範として、皆さんもまた犠牲を払うべきなのです。以上です」

群衆から、また拍手——町長のときと比べるとわずかに控えめではあるが、それでも力強く、途切れることはなかった。アーノルドは最初、大佐の発表に衝撃を受けたが、その感覚は、早くも、燃えるような深い嫉妬心に変わりつつあった。彼は周囲に合わせてぼんやりと拍手し、つま先立ちになってマイク・ラボトーを一目見ようとした。だが、演壇が視界のほとんどを遮ってしまい、見えたものと言えば、大佐の大きな手を握り、親しげで長い握手で上下動する彼の手だけだった。

「**進化心理学軍艦隊、ハワイ守備隊を砲撃**」
——侵攻は時間の問題か

【ポストモダン人類学海兵隊第三遠征旅団、カウアイ島（AP通信）】日曜日の早朝、進化心理学軍艦隊からの砲弾が、海兵隊の陣地に数時間にわたって降り注いだ。海兵隊独自の推計によると、コンクリート製のトーチカ、対空砲、砲座を含む、臨海防御構造物の三〇パーセントが破壊されるか、使用不能となった。それに加え、夜が明けると、海岸に設置されていた対戦車障害物などの防御障害物は、進化心理学軍特殊部隊によって爆破され、除去されていたことが判明した。

月曜日にオスワルト先生の教室に入ると、レドモンド大佐の姿が目に入るよりも先に、彼の体臭がアーノルドの鼻を刺激した。窓は開いていたが、車用ワックスと葉巻が混ざったような、間違いなく男性的な匂いが部屋に満ちていた。大佐はドアのすぐ後ろの隅でスツールに腰掛けていた。これ見よがしに空席になっているマイク・ラボトーの机の横を通り、アーノルドは教室の後方にある自分の席に向かった。その匂いがどこから来るのかと不思議に思いつつ、座ろうと体の向きを変えたとき、ようやく大佐がいることに気づいた。

「諸君」全員が着席すると、オスワルト先生は話し始めた。「週末に宿題をさぼって読んでこなかった者には朗報だ。あと一日余裕ができたぞ。君たちは昨日のパレードで見たレドモンド大佐を覚えているよな――ただし、ムッシュー・デイヴィスとムッシュー・マカッチャン以外は。二人とは授業のあとで話をする。君たちと話がしたいと大佐から要請があったので、私は今日の授業を譲って、軍が新兵を必要としていることと、君たちがポストモダン人類学を防衛する義務について議論してもらうことにした。それでは、大佐」

「それは私の手に余るな」と言いつつ、大佐はスツールから立ち上がり、軍服の前の皺を伸ばした。にやりと笑った顔から見える歯は、年に似合わないほど白くそろっていた。「先生の言葉にケチをつけるわけじゃないぞ。だが、自由意志対遺伝的条件とか、ポストモダン人類学は進化心理学よりもあらゆる点で優れているんだなんて話をここで延々と始めたら――ま、間違いなく君らの目はぼんやりとしてしまって、この老いぼれ兵士が長広舌をやめにして出ていくころには、白昼夢の世界に旅立ってしまうだろうな。要するに、君らはその手の話は毎日聞かされているし、正直もううんざりといったところだろ。違うか？」

笑みはさらに大きくなり、またイデオロギー的説教を聞かされるのはごめんだと認めるように生徒たちを誘っていた。アーノルドとケリー・マカッチャン以外の生徒たちは不安そうな目でオスワルト先生のほうを見やり、そして思い切って笑みを浮かべた。

「そこでだ、代わりに私が話したいことは――二つある。まずは、銃について話そうか。君らも銃は好きだろ？」

賛成する呟きが教室にさざ波のように広がった。

「じゃあ聞かせてやろう。こと銃となると、ポストモダン海兵隊には誰もかなわん」大佐は短く刈り込んだ頭を片手で撫でた。前日にアーノルドが見た仕草だった。「君らのなかにも、十二ゲージの散弾銃とか女々しい二十二口径で狩りに行ったことがある者はおるだろう。親父さんが銃マニアで、ある日ビールを何杯か飲んで、『おい、こいつも大きくなってきたじゃないか。そろそろあの四十五口径を持たせてみるか』なんてブツブツ言ってたってやつもいるかもしれん。だが、私の退職金を賭けてもいいが――こいつはけっこうな額だぞ――君らは銃尻にM２０３手榴弾ランチャーを装備したＣＡＲ‐１５突撃銃を見たことはないし、撃ったことも当然ないだろ。もしありますってやつがいたら言え。この場で年金小切手を切ってやる」

生徒たちの沈黙。

「そうだと思ったよ」大佐は言った。「じゃあ、M１３４ミニガンはどうだ？　毎秒百発発射可能なやつだぞ。一回撃つだけで、セミトラックのエンジンがズタズタだ。本当だとも。それとも、ＡＴ４対装甲ロケットは？　引き金をちょいと引くだけで、進化心理の戦車は燃え上がるガラクタの山になる。いずれかのベイビーを味わったことは？　私に聞こえるようにはっきり言ってくれ」

「ありません」少年たちは声をそろえて言った。

「ありません、サー、だ」

「ありません、サー！」

「それを味わえるぞ」と大佐は言った。突如として、低く、こっそりと秘密の話をするような声音になった。「海兵隊に入ればな」

彼は背を向けてオスワルト先生の教卓に向かって二、三歩下がり、その言葉を噛みしめさせた。

「もう一つ、私が話したかったのは」しばらくして、彼は片足を軸にくるりと向き直り、生徒たちに話し始めた。「金のことだ。君らの町はいいところだ。昨日ここに来る途中、海岸沿いはきれいな店がいくつもあった。だが、率直に言わせてもらうと、ここでニシンとカレイの漁をしたって誰も金持ちにはなれんし、君らが学校を出るときに待ってるのはその人生だ――一生船酔い止めを口に放り込んで、魚のクソみたいな臭いをさせて、最後にお陀仏になるときには自分の棺桶代があれば幸運ってもんだ。それが楽しみだってやつはいるか？　聞かせてもらおう」

「いいえ、サー」

「それに、この町にあるちょっとばかしの金は君らのものじゃない。何か欲しかったら、買ってくれと親父さんにせがまなくちゃならん。私に言わせれば、情けない話だ。君らのような立派な男たちが、欲しいと思うものがあってもそれを手にできないなんてな」

大佐は教卓に体を預けた。また声をひそめ、共謀者めいた口調になった。「そこでだ。海兵隊に入隊する契約をするだけで二万ドルもらえると聞いたらどうする？　私は嘘などつかんよ。徴兵センターに行って、いくつか用紙にサインして、何本か注射を受けて、首を回して咳をすれば、ドカーンだ。即座に二万ドルの小切手を切ってもらえる。その日の午後に銀行に持っていって現金にできるぞ。さて、しばらくそれを考えてみてくれ」

大佐は腕を組み、生徒たちを見つめた。まだ微笑んでいた。

「それだけ金があれば何が買えるか考えてるか?」

「はい、サー!」

「よろしい。ゆっくり考えろ。男には求めるものが多くあっていい」

大佐の演技に懐疑的だったアーノルドは、教卓の後ろの壁にかかった時計の、赤い秒針のゆっくりとした動きを見つめていた。

「よし」と大佐は晴れやかに言い、手を叩いた。「もういいだろう。私からの宣伝はここまでだ。いちいち言わなくてももう十分だろう。徴兵センターが町のどこにあるかは知ってるな。休みなしで開いてるぞ。老人に付き合ってくれて感謝するよ」

生徒たちがオスワルトに目をやると、先生は頷き、少年たちは立ち上がって教室からぞろぞろと出始めた。大佐は教室の前に立ち、笑っては彼らの背中を叩いていたが、アーノルドがドアから抜け出そうとすると、大佐は彼の肩に手を置き、驚くほどの力を込めてつかんできた。

「なあ」大佐は言った。「君は他と違って声を出していなかったな」

「はい」

「はい、サー、だ」

「はい、サー」

「私の言ったことが気に食わなかったか?」

「いいえ、サー。そうではなくて——」

「何が問題かはうすうすわかってるつもりだ。君は頭が切れるな。お決まりの『銃と金』ってやつは君には効果なしだ。だが私が求めてるのは、まさに君のような若者だ。君みたいなのが一人いるなら、このクラスの生徒を全員売っぱらったって構わん。なぜかわかるか？」

「いいえ、サー」

「なぜなら、我々が何のためにこの戦争をしているのか君は知っていて、それを大事に思っているからだ」と大佐は言った。「私もそうだ。今日君が目にしたものは、ちょっと派手な売り口上にすぎん。売り込みショーだよ。私もいい気分はしないさ。したためしはない。だが、戦争には活きのいい連中が必要だ。とりわけ今はな。そのためにはあのやり方が一番なんだ。わかってもらえるか？」

「だと思います、サー」

「それ以上に、我々には君のような男が必要なんだよ」

「おれみたいなですか？」

「信念を持った男だ。肩の上にちゃんとした頭が載っている男だよ。銃だの金だのに釣られてくる連中を率いることができる男だ」

大佐はジャケットの一番上のボタンを外し、手を入れて名刺を取り出した。「これを受け取ってくれ。少し考えてから電話してくれ。話をしよう」

「サー、おれは――」

「名刺を持っていけ。何日かしたら、持っていてよかったと思うぞ」

あの口論以来、セリアとアーノルドはほとんど口をきいていなかったが、火曜日の朝、彼女は学校に行こうとする息子を呼び止め、スモークサーモンとブリーチーズ、堅焼きビスケットと自家製プリンの入った弁当袋を差し出した。母親のことはよくわかっていたアーノルドは、それが和平の贈り物でも謝罪でもなく、より礼儀正しく議論を再開しようという試みだと悟った。

「どうも」と彼は言い、袋を取った。

「ねえ」と彼女は言った。「天然プールのところで、二人で晩ご飯にしましょう」

「いいよ。父さんは？」

「もう大人なんだし、自分で何とかできるでしょ」

「天然プール」とは、島の北岸にあり、満潮時には海水と小さな魚でいっぱいになる、大きなボウル形の花崗岩の地形のことだった。その日の夕方、太陽が本土に向かって傾くころ、アーノルドとセリアはプールに続く岩の海岸を進んでいった。玉虫色の貝殻が足の下で軋み、砕けた。二人から伸びる午後の影が、慌てて逃げるイチョウガニや、揺れる海水の中でゆらめいて光を放つ海草にかかった。プールを眼下に見下ろす平らな厚石に出ると、二人は毛布を広げ、セリアが持ってきた籠から夕食を並べた。

母親が話をしたがっていることはアーノルドもわかっていたが、その隙は与えず、学校のことを訊ねてくる彼女に対してはぶっきらぼうな短い答えしか返さず、日の光とともに空と海の境目が消えていく水平線をずっと眺めていた。二人が食べ終えるころには、セリアは彼を会話に引き込もうとする努力をあきらめていた。一日二本は吸っていいことにしているタバコの二本目に火をつけ、息子とともに、一面に広がる海原から打ち寄せる白い波頭を見つめた。

アーノルドは携帯を取り出し、メールを打った。

神聖なるアマンダ様、
最近、父さんの変な癖がおれにかなりうつってることに気がつきました。町で知らない人に会ったときに明るく「ちは」ってすぱっと言葉を縮めて挨拶することとか。他にも、ねじの先端をねじ込むときとか、何か集中してるときには、父さんみたいに口をぎゅっと結んでるんです。あとからでも癖になるようなことだけど、遺伝のような気がするんです。特に口をぎゅっとするってやつは。
ではまた

セリアはサングラスを額の上に押し上げ、覗き込んできた。「わたしにもその半分くらいは話してほしいわ」と言う彼女の口から、タバコの煙が漂っていた。「何時間も何時間もそればっかり。その子に何を書いてるわけ?」
アーノルドは答えず、またメールを打ち始めた。

神聖なる、美しきアマンダ様、
昨日までは、もうここを出ていって海兵隊に入るぞって思ってました。でも昨日レドモンド大佐が学校に来てから、どう考えたらいいのかわからなくなって。銃についてのバカみたいな話でした。でも、最後に脇に引っ張られて、おれみたいなのが必要なんだって話をされました。それだって、大佐が言ってたみたいに売り込みショーなのかも。でも結局は、大佐がほんとのことを言ってるかどうかとか、本気で信じてるかどうかなんてどうでもいいんです。おれが信じてるのかって問題なんです。おれは信じてます。他の何よりも強く。もちろん――」

「訊いてるのよ」とセリアは言い、アーノルドがメールを打ち終える前に携帯を引ったくった。彼女は素早く立ち上がって背を向け、アーノルドが立って携帯を取り返そうと手を伸ばしてくると、くすくす笑った。

「これどうやって使うのかしらね？」

「母さん。返せよ」

「何がそんなにすごいのか知りたいのよ」彼女は体の向きを変えて彼の手が届かないようにした。

「『スクロールで上下』ですって。オーケー、さまになってきたわ」

「返せって！」

「あら！」セリアの目は愉快そうに大きくなった。「『神聖なるアマンダ様』ですって」彼女は息をのみ、片手の甲を額に当て、卒倒する真似をしてみせた。「やられたわ。これは参ったわね」

「母さん！」アーノルドは叫んだ。もう携帯を奪い返そうとすることはやめ、体の両脇で拳を握りしめて立っていた。「携帯返せって！」

だが、突然、セリアの笑みは消え、彼の言葉も耳に入らなくなったようだった。額に当てた手を下ろし、彼女はメールを読み、下にスクロールし、さらに読んだ。アーノルドは激しい息づかいで待った。怒りと、それと同じくらい強い恥ずかしさで、顔が火照っていた。読み終えたセリアは携帯を差し出し、彼は拳を緩めて取った。

一言もなく、セリアは夕食の食器や食べ残しをまとめ始め、でたらめに籠に放り込んだ。毛布を持ち上げて丸め、その上に放り投げた。そして籠を頭上に持ち上げると、天然プールに投げ入れた。籠は水しぶきを上げ、立てたさざ波の上でしばらく上下し、ゆっくりと沈み始めた。

セリアは沈んでいく籠を見守った。「あなたが知らないことがあるの」と言った。繰り返し打ち寄せる波の音のなかで、かろうじて聞き取れるくらいの声だった。「ずっと前に、父さんにはもう一人息子がいたの。あなたの異母兄弟よ。死んでしまったけどね。父さんが最初に結婚した女の人も死んだわ。こないだ話に出た、昔の世界の一つでのことよ」

どう答えたらいいのか、アーノルドにはわからなかった。微細なトラウマの感覚が両目の間に訪れ、そこを丸頭のハンマーで繰り返し軽く叩かれているようだった。おぼろげに、それが自らの鼓動であることに気づいた。

セリアは彼に向き直った。「こんなこと言わせるなんて、あなたが憎い」と言った。その「憎い」という言葉に、アーノルドは、自らが信じられないほどちっぽけで、もう記憶にもない赤子に戻ったような気分だった。すぐに、涙が彼の目に滲んだ。「あなたのせいで、どこかのヒステリックな馬鹿女みたいな口調になってるのよ。でも今まで生きててこんなに頭に来たことなんかないし、思いつくのはありふれた言葉ばかり。だから言うわ、あなたが海兵隊に入るんなら――もしあの馬鹿馬鹿しい戦争に行って、また父さんを悲しませるんなら――そのときは親子の縁を切るわ」
セリアの目に涙はなかった。アーノルドから体を背け、岩に沿って道を引き返し、振り返ることはなかった。遠ざかっていく彼女を見つめるアーノルドに、嗚咽が吐き気のように内臓から喉の奥へとこみ上げてくる感覚があった。アマンダに醜態をさらすまいと彼は闘ったが、まもなく屈した。花崗岩の厚板の先端に座り込み、両足をプールの上にぶらつかせながら、彼は涙越しにメールを打った。

ん聖なるアマンダさま、あのクソババアクソババアクソババアクソババア

「地元の若者、海兵隊に任命さる」（リンダ・メリル局員）

【ヴァージニア州クアンティコ】バー・ハーバー在住のアーノルド・アンコスキー（17）は、四十二名の卒業生の一員として、クアンティコのポストモダン人類学海兵隊士官候補生学校での訓練を木曜日に終えた。アンコスキーは二等中尉に任命され、サンディエゴを本拠とする海兵隊第七遠征旅団での任務に就くことになる。第七旅団は目下、メキシコのシエラマドレ山脈において進化心理学軍との激しい戦闘に従事しており、アンコスキーは小隊長として当地に合流する予定である。

僕の兄、殺人犯

カインは主に言った。

「わたしの罰は重すぎて負いきれません。」

——創世記　第4章13節

水曜日の夕方、仕事が終わって家に帰ろうとすると、ハイホープ・メンタルヘルスセンターの表に、車が山のように詰めかけている――二十台か三十台くらいの救急車やパトロールカーが、道路沿いやセンターの駐車場にでたらめに停まって、赤と青の鮮やかな回転灯で秋の夜空を染めている。州警察のパトロールカーも混じっていることで、深刻な事態があったのだとわかる。僕が暮らす町は小さいとはいえ、かなりの警官がいる。州兵が呼ばれるのは本当に稀なことで、地元の警察の手には負えない事件があったときだ。

交通整理の警官がフード付きの懐中電灯を振って、通過するように僕に合図している。救急車やパトロールカーだけでなく、地元のテレビ局、さらには州外ナンバーのCNNニュースのバンも三台あることに、僕は気づく。

僕は急いで家に向かう。道路は無人だから、赤信号を一つ無視する。店に寄ってタバコとオレンジジュースを買うつもりでいたけど、それもやめにする。

家のドアを開けて入ると、リビングのテレビからニュース番組の音が聞こえる。メリッサが僕を待っている。紅茶を入れたマグを両手で包んで、キッチンテーブルの前に座っている。髪は頭の後ろで緩いポニーテールに結んでいて、顔には涙の跡がある。彼女は妙な表情を僕に向ける。悲しみが強く出ているけど、それだけじゃない。嫌悪感だろうか？　それとも恐怖？　はっきりとはわからないけど、まずいことだ。

どうしたんだい、メリッサ？　と僕は訊くけど、もうわかっている。あのパトロールカーの大群を見た瞬間、何となくわかった。どういうことになってるんだい？

彼女は僕に話そうとするけど、話し始めるとすぐに泣き出してしまって、涙を拭って気持ちを落ち着けないといけなくて、なかなか話にならない。話の途中で口をつぐんでしまって、何も言わずに数分間マグを見つめたりもする。でも、最後にはすべてを話してくれる。僕は自分の両足を見下ろして、まだそこにあることを確かめてしまう。そして、彼女のそばに腰を下ろす――そうでもしないと、キッチンの床に倒れ込んでしまいそうだ。しばらく、僕たちは静かに座っている。メリッサは紅茶を啜る。何か温かいものが頬を伝って顎から落ちていく感覚があって、下を見ると、テーブルに水滴で小さな円ができていて、僕も泣いていることに気づく。

後ろでは、ニュース番組が延々と流れている。

しばらくして、僕はメリッサの手を握ろうとするけど、彼女は手を引っ込めてしまう。目を上げて彼女を見ると、その表情は見間違えようがない――恐怖だ。

次の日、僕は仕事を病欠にしてもらう。すぐに、やめておけばよかったと思う。電話が次々にかかってくるからだ。リポーターたちだ。国中から何百人とかけてくるし、なかにはイギリスやイタリアからの電話もある。兄について質問したがっている。自分では驚きもショックも越えて無感覚になっていると思っていたけど、気分が悪くなったり、ひりひりする汗の粒が額に浮いてしまうような質問もある。

お兄さんはセンターのカウンセラーたちに何か恨みでもあったのでしょうか？　と彼らは訊ねる。

ありませんよ、と僕は言う。

お兄さんは外来患者としてセンターで治療を受けていたそうですね。どうしていきなり襲撃を？

わかりませんね、と僕は言う。兄はいろいろ調子が悪かったんです。ずっとそうでした。

聖母マリアの小像を殺人の凶器に使ったことには何か意味が？

突然、怒りが込み上げてきて、僕はこう言いたくなる――ないと思いますよ。たまたまそばにあったものをつかんだんでしょう。でも、真相は違うとわかっている。メリッサは僕に近寄ろうとしないし、近所の人たちや、昨日買うつもりだったオレンジジュースを買いに今朝行った〈ジョセフ・デリストア〉にいた人たちからは、横目で見られ、ひそひそ話をされてはいるが、僕は落ち着き払って言う。僕にわかるわけがないでしょう？

それから、本当にそっと電話を切る。でも、受話器を置いた瞬間に、また電話が鳴る。

その音の奥で、バスルームでメリッサが水を出している音がする。彼女がシャワーを浴びるのは今日三回目だ。

殺人事件が起きてから、僕の両親は外出していない。もう二週間になる。父さんはまったく外に出ていないけど、最初のころの母さんは、自分たちも同罪だと決めつけられたくなくて、表の庭に泊まり込んでいたリポーターやカメラマンの集団の横を無言で通っていた。雑貨屋とか銀行、木曜日の夜のカードゲームクラブに行った。

でも、みんなが町中であれこれ言うようになって、それがすぐに紙面をにぎわせた。そのころには全国メディアはもう引き払っていたけど、地元ではその事件はまだ大ニュースで、有神論、隠れ信仰、キリスト教といった噂や告発が一面を飾っていた。母さんにはそれが耐えられなかった。だからもう外出はやめにして、買い物とか用事は代わりに僕がしている。

母さんの頼みで、今日は両親の家のケーブルテレビと新聞配達を解約した。街角や店でみんなが僕に向ける表情は、剝き出しの好奇心から同情に変わっている。かわいそうな息子だよ、とお互いに言い合う。あんな家庭で育てられるなんて。考えてもごらんよ。

ある晩、小学校からの幼なじみのマイクが、奥さんが焼いてくれたミートパイを持って僕の家を訪ねてくる。

なあマイク、と僕は言う。みんなどうして俺の親のことであんな嘘をつくんだ?

さあな、と彼は首を振りつつ言う。どうにかして筋の通った説明をしたいだけなんだろ。あんなことになった原因を見つけてさ。お前の兄貴がさ、どうして、あそこまで……。どうして、あんなことを……。わかるだろ。その前に、何かあったんだろって考えたくなるさ。

僕が気づいたことがもう一つある。僕と話をする数少ない人たちは、何か間違ったことを言うわけにはいかない、とでもいうように、本当に慎重に言葉を選ぶ。正しい言葉なんて存在しないことは、どうやらわかっていない。

マイクにまでそんな真似をしてほしくはなかった。もう長い付き合いなんだし、思ったことを何でも言ってくれたらいいのに。でも、そうしてくれない。

マイク、と僕は言う。俺の兄貴がどんな具合かは知ってるだろ。昔からどんなだったか。

おう、とマイクは言って、また首を振る。でもさ、どうしてなんだ？　どこで神なんて話を思いついた？　どこかで吹き込まれたはずだろ？

僕はパイを受け取ってキッチンカウンターに置いて、マイクにお礼を言う。嫁さんにお礼を言ってくれ、と伝える。俺の代わりにハグしておいてくれ、と言いかけて、思い直す。

メリッサには辛抱強く接しようとしている。彼女とは十分に距離を取って、僕はソファで寝ている。寒くなってきて、冬の気配が近づいているけど、日中はかなりの時間を庭で過ごすようにしている。

もう一カ月もセックスをしていない。何日か前に、二人で紅茶を飲みながら話をしていて、僕の言ったことで彼女は微笑んだ。いい雰囲気だったから、思い切って彼女の唇に軽くキスしてみた。でも、体を離してみると、彼女の両腕には鳥肌が立っていて、顔からは血の気が引いていた。それからは彼女に一切触れていない。

メリッサは悪夢を見る。僕はほとんど眠れないから、目を覚ましたままソファで横になっていて、彼女の呻き声や泣き声を聴いている。寝室に行って、彼女の髪を撫でながら、大丈夫だよと優しく話しかけて起こしてあげたい。現実の世界に彼女を連れ戻して、目を開いた彼女が、ただの悪夢だったんだと気づいて安心する顔が見たい。でも、何もできない。

気は進まないけど、職場に戻らなくてはならない。必要なだけ休んでいいぞ（この手のことにどれくらいの忌引きが適当なのか、誰もわかってはいないようだ）、と監督は言うけど、請求書が溜まってきているし、メリッサはあまり口をきいてくれないから、僕は仕事に行く。

僕はチネット社の紙製品工場の品質管理部門で働いている。タイムカードを押して自分の部署に行って、ベルトコンベアに載って通過していく紙皿を眺めて、目に見える欠陥のある製品は取り除く。四時間すると、笛の音がして、お昼にする。カフェテリアで、発送と受領の部署で働いているマイクと一緒になる。僕たち二人と、フレッドとデュークとでテーブルを囲む。僕は自分で詰めた弁当をつつく――昔みたいに、メリッサは起きてきて僕の昼食を作ってはくれない。僕以外の三人はフットボールの話をしている。ペイトリオッツがまた悲惨なシーズンを送っている。デュークは先週の日曜日の対パッカーズ戦で、よりによってペイトリオッツ勝利に賭けて、五十ドル損した。バレたら最後、カミさんに殺されちまう、と彼は言う。それから、戦争の話、太平洋での敗北の話になる。やばいよな、と彼らは言う。三人は僕も会話に入れようと努力して、あれやこれやについて僕がどう思うか質問してくる。ＡＦＣで最強のフットボールチームはどこだと思うかとか、トレント・ジャクソンはメキシコの戦線で進化心理学軍相手に持ちこたえられるのか、とか。でも、僕は今年のフットボールはチェックしていなかったし、戦争なんて冥王星と同じくらい遠いことのように思えて、さして言うことがない。

質問された僕がもぐもぐと答えたあと、三人がしばらく黙って、僕が気づかないと思って目配せを交わすときもある。

昼食のあと、監督のオフィスに呼ばれる。まあ座れよ、と言って、僕がどんな調子だったか、何か助けになれるかと訊ねてくる。いい人だ。自分も現場からの叩き上げだったから、仕事のことはわかっているし、労働者たちのことを気にかけている。

話がしたかったらいつでも来ていいぞ、と彼は言う。

すると突然、僕の喉はつかえてしまって、目の前がぼやけ、彼にすべてを話したくなる――メリッサや両親のこと、前のような生活が戻ってきてほしいと思っていること。でも、僕は歯を食いしばって何も言わない。とにかく自制が肝心だからだ。まともな状態が戻ってきてほしいと思うのなら、せめて見た目のまともさは保たなければ。

どうも、と僕は監督に言って、涙がこぼれる前に足早にオフィスから出る。


メリッサの姉のレーシーがよく訪ねてくる。キッチンテーブルのところに二人で座って、お喋りをしてタバコを吸う。メリッサは紅茶を飲む。レーシーは僕たちが置いているインスタントコーヒーを入れる。二人は声をひそめている。隣の部屋にいても、二人が何を言っているのかは聞き取れない。

ある日、レーシーが来ているとき、僕は赤と黒のチェック柄のウールジャケットを着て庭に出る。

もうずっと前、祖父が死ぬ前にくれたジャケットだ。作業用の手袋をはめて、メリッサと二人で今年植えて手入れしていた菜園の残りを引き抜き始める。人一倍世話をしたのに虫に食われて終わったトウモロコシは簡単に抜ける。僕は茎を引っ張り、根っこについた土を振り落として、脇に捨てる。それから、大きくのたくるズッキーニの二本の株に取りかかる。楽しい株だった。今年の夏は、家に帰ってくると、毎日のように二、三本の新しいズッキーニがキッチンカウンターで水切りされていた。しかも大きかった。夏の間ずっと、メリッサはズッキーニの詰め物やらズッキーニパンやらズッキーニのパルメザンチーズ焼きやらをこしらえていた。僕たち二人で晩ご飯を食べて、もう一生ズッキーニは見たくないよな、なんて冗談を言い合っていた。それでも、驚くほどの、ありえないペースで、ズッキーニは次から次に実った。

そして今、霜で茎が潰れて、葉が枯れてしおれていても、株はまだ頑固に土にへばりついている。僕は根の周りをスコップで掘って、株を左右に揺さぶって、土に張る根を緩めようとする。あまりうまくいかない。それから、網戸のドアがバタンという音がして目を上げると、レーシーがポーチに立っている。彼女はジャケットを羽織っていて、車のキーを握っている。じっと僕を見ている。

こいつまだ生き残るつもりなんだよ。僕がそう言うと、彼女はポーチから下りて近づいてくる。

じゃあ、そのままにしとけば？

今抜いとかないとさ、春にはほんとグチャグチャになってしまうからね。

僕はまた掘り始めて、スコップで土を掬い出す。変な感じだ――彼女は立って、僕が掘る姿を見守っていて、二人とも何も言わない。

レーシーはもうしばらく黙っている。そして口を開く。何かしなきゃだめよ。妹にはあなたが必要なの。

僕は顔を上げる。レーシー、どうすればいいんだ？　と訊く。

彼女は胸の前で腕を組む。わからないわ。何かよ。メリッサが参りかけてるのに、あなたは十一月も半ばの庭で土いじりしてる。

僕は立ち上がる。俺のことを病気持ちみたいに扱うんだ、と僕は言う。確かに助けは必要だよ。求めてもいるかもしれない。でも、どう考えても俺からの助けは求めてないよ。

僕はすっくと立っていて、レーシーより十五センチは優に高い。彼女は僕の左手にあるスコップをちらりと見る。それから僕の目をしっかりと見上げる。何を考えているのかはわかる。そんなことするべきではないけど、僕は怒った口調になってしまう。

いいとも。好きに考えればいいさ。妹みたいに俺を怖がればいい。でも俺は兄貴とは違う。何もしてないんだ。

レーシーはゆっくりと一歩一歩後ずさっていく。それが問題なのかも、と彼女は言う。あなたが何もしていないことが。

そして彼女は踵を返して、車寄せにある自分の車に向かう。

僕が見守っていると、彼女は車に乗り込み、エンジンキーを回してバックで出ていく。ちらりと家のほうを見ると、一瞬、キッチンの窓にメリッサの顔が見えるような気がする。青ざめて、緊張した顔。でも、ガラスが反射しているだけだ。

父さんはほんのちょっとしか食べない。風呂に入らず、着替えもせずに、一日中パジャマとバスローブ姿でうろうろする日もある。父さんは母さんとは違って、兄がやったことについて自分にも責任があると思っていた。信仰心がある、とみんなから非難され始める前のことだ。

何かが十分に、さも確証ありげに繰り返されれば、それが真実かどうかは重要ではなくなってしまうようだ。それが真実になってしまう。だから、父さんはたいていパジャマとバスローブ姿で座っていて、特に何もしない。本や雑誌をぱらぱらめくる。ときおり、窓の外に目をやる。ベッドから出てこない日もある。

母さんはまた外出し始めて、ちょっとした買い物をしたり、髪を整えてもらう。カードゲームクラブにも一度行ったけど、もう行かないそうだ。

木々はすっかり落葉して、両親の家の庭には葉がしっかり積もっている。もともとは鮮やかなオレンジや赤や黄色だったけど、地面に落ちてしばらくになるから、雨と腐敗で全部同じ濃い茶色になってきた。家の角にある羽目板のビニール部分が剝がれてしまって、初冬の風にあおられて壁に当たっている。一週間前、誰かが二階の窓に石を投げて、ガラスが割れたままになっている。僕は合板を一枚当てて、冷気が入ってこないようにした。僕も両親も、どうしてこんなことをする人がいるんだ、なんて口にはしない。ハロウィーンで盛り上がったガキたちが、その勢いで何かやらかしてやろうと思って襲撃したんだろう、と僕は思いたい。だから、そう思うことにする。

メリッサが悪夢にうなされていて、家の中には彼女の呻き声や泣き声だけが響いている夜、僕は動き出す。ソファから起き上がって、寝室の彼女のところに行く。彼女のそばにそっと腰を下ろす。部屋は暗くて、銀色の月明かりが窓からわずかに射し込んでいるだけだけど、髪の一部が汗にびっしょり濡れて絡まって、顔にへばりついているのが見える。僕は指を二本使ってその髪をそっと払いのける。

メリッサ、大丈夫だよ、と僕は言う。大丈夫。

僕だよ、メリッサ。何もおかしなことはないよ。いつもと同じ、僕がいるだけだよ。

もう目を覚まして。メリッサ、起きるんだ。

彼女は目を覚ましはしないけど、泣くのはやめて、眠ったまま僕の脚に体をすり寄せる。僕は片手を彼女の頭に置く。ゆっくりと窓を通り過ぎる月を見つめる。時計の短針の動きを見ているようだ。体を動かさないように、すごく気を配る。

兄の裁判はたった四日で終わる。心神喪失により無罪になって、オーガスタにある州の精神病院に送られる。すぐに、ほとんどの町の人たちは普段の生活に戻って、兄のことも、兄がしたことも忘れてしまう。でも、僕を見かけるたびに、彼らの目は光り、思い出す。

冬がやってくる。初雪で、茶色だった両親の家の庭は分厚く真っ白な色になり、ありがたいことにそのままだ。羽目板の剝がれはまだだらりと下がっているし、二階の窓は割れたままだけど、雪があるおかげで、あまりみすぼらしくは見えない。

母さんはフロリダで冬を過ごす計画を立てる。少し離れた町の旅行代理店に行って、パームビーチの不動産業者に電話する。毎朝しつこく言って、父さんがシャワーを浴びてズボンと靴をはいて、清潔な綿のシャツを着るようにする。母さんがまた買い物と用事をするようになったから、もう僕が代わりにする必要はなくなる。顔を上げて、背筋をぴしっと伸ばして、母さんはあちこち回る。


このところ、僕とメリッサはまた同じベッドで寝るようになっている。セックスしましょう、とある晩彼女は言ってくる。

いいのかい？　と僕は訊く。

たぶんね、と彼女は言う。やってみなくちゃ。確かめてみなくちゃ。

僕はごろりと横向きになって彼女と向き合う。裸の肩に片手を置くと、僕に触れられて彼女がびくっとする感覚がある。僕が上になると、彼女は何度も何度も、短く必死なキスをしてくる。僕の体の下で震えている。両手で顔に触れると、頬が濡れている。彼女は僕にキスをして、温かい涙が僕の指を流れていく。

あとになって、僕たちはベッドのそれぞれの側に離れて横になる。

ジム、あの人どうして？　とメリッサは言う。まだ少し泣いている。女の人たちにあんなひどいことを？

両親はいなくなった。僕が戸締まりの手伝いをして、三日前、二人はパームビーチにあるマンションに向けて旅立った。

メリッサもいない。北のプレスクアイルに住んでいる父親の家に行った。四月まで、そこで雪に閉ざされて安全だ。いつか戻ってくるわ、と彼女は言う。終わったわけじゃないの。でも、しばらく離れていたいの。

今晩、吹雪のなか、僕はオーガスタに車を走らせる。悪天候のせいで、州間高速道路の制限速度は時速七十二キロまで下げられている。車のヘッドライトが照らし出す分厚い雪のカーテンの向こうは見えず、オーガスタまでの三十キロちょっとを移動するのに一時間近くかかってしまう。

兄に会うつもりだ。僕も、メリッサも、両親も、兄も、あの犯罪がみんなに重荷になってしまっているから、何とかして楽になりたい。そのために、僕は棍棒《ブラック・ジャック》を持ってきている。これも祖父からもらったもので、ソーセージのような鉄の丸い棒が、すり減った革に包まれているものだ。軍の憲兵だった祖父は、その棍棒でがさつな下士官兵たちの頭をかち割っていた。命の危険があるから、もう長いこと非合法にされているけど、僕は記念に取っておいた。そして今、使い道がある。

もう一つ、兄に求めていることがある。兄に訊ねて、確かめなければならないことだ。何日か前、両親がいなくなって、誰もいない自分の家に戻ったあと、僕はソファに腰を下ろして、後ろに頭を預けてうたた寝をした。靄《もや》のような眠りのなか、記憶めいたものが蘇った——僕は六歳か七歳で、子どものころの家の近くにある無人の消防署の裏手、伸び放題の草地にいた。もう一人の、年上で僕より力が強い男の子との無邪気な取っ組み合いが、いつのまにか真剣になってしまった。僕はねじ伏せられて、折れて鋭くなった枯れ草の茎が、シャツ越しに背中に当たってちくちくしていた。少年は片手で僕の肩を押さえつけて、もう片方の手で僕の顔を何回も殴っていた。不器用で、ばたばたした動きだったけど、僕の口を出血させるのに十分なくらいの強さだった。体をよじって押してみたけど、胸に乗ったその少年を投げ飛ばすことはできなくて、僕は泣いた。僕にできることと言えばそれだけだったし、年上の少年にも止められないことと言えばそれだけだったけど、それでも、恐怖のなかに恥を覚えた。

するとその少年よりもずっと大きくて強い僕の兄が、どこからともなく現れた。兄は大きな手の指をその少年の髪に絡ませて、彼を引っ張り上げた。一瞬、少年は叫び声を上げて、痛みで目を細め、やみくもに上に手を伸ばして兄の手首をつかもうとした。そして、叫び声が途切れた。兄のもう片方の手が、巨大な拳となって、少年の鼻を一撃したのだ。破裂する水風船のように、顔から血が飛び散って、少年は倒れ込み、兄がその胸に馬乗りになると、今度はその少年が泣いて情けを乞う番だった。その間、兄は僕にも聞き覚えのない声で、恐ろしい言葉を何度も何度も口にしていて、怖くなってしまうくらいその少年を殴りつけていて、僕が金切り声を上げてシャツを引っ張ってもやめようとしなかった。でも、そんなにも大きくて、強くて、弟思いで、頼れる兄を持ったことを誇らしく思う自分がいたし、今でもそう思ってしまう。

でも、メリッサも両親もいなくなった空っぽの家で、ソファの上ではっきりと目を覚ましてみると、それがただの夢だったのか、それともずっと昔に本当にあった出来事なのか、わからなかった。どちらなのかわからないことで、悩んでしまった。何日経っても、その記憶というか夢はしつこくまとわりつき、いっそう強く鮮明になって、僕はさらに悩んだ。ついに今日の午後、兄を訪ねて、覚えているかどうか訊いてみようと決心した。

僕は慎重に州間高速道路から出て、標識に従って精神病院に向かう。通りはもぬけの殻で、何台かのオレンジ色の大型除雪車が、雪を道路脇にかき寄せて、その跡に砂をまき散らしているだけだ。信号はすべて黄色で、点滅している。僕はアクセルもブレーキも踏まずに、信号を次々に通過していく。

道路から二百メートルほど奥まったところに、病院がある。僕は道路脇に車を止め、外に出て、敷地を見下ろす。壁も有刺鉄線フェンスもないことに驚く。この距離からだと、病院などではなくて、小さな大学のキャンパスかと思ってしまいそうだ。六棟か七棟の大きなレンガ造りの建物があって、オレンジ色の投光照明器で照らし出されている。ほとんどの窓は暗くなっていて、明るくなっている窓はちらほらあるだけだ。ピックアップトラックが一台、道路から病院内まで細長く続く私設車道の除雪をしている。

僕はタバコに火をつける。雪が強風にあおられて、さらに激しく吹きつけてきて、目を細めておかないといけない。僕はタバコを吸って、病院と、その奥で凍っている黒い川を眺める。

僕は思い出す。野原の上でぎらぎら輝いていた太陽。僕を殴りつけて、日食のように太陽に入ったり出たりしていた年上の少年の顔。

指でタバコを風のなかに弾き飛ばして、僕は車に乗り込む。腕時計を見る。あと十五分で面会の時間が始まる。僕はギアをドライブに入れて、病院への進入路を進む。ゆっくりと車を走らせ、タイヤはピックアップトラックが置いていった砂の上をザクザクと進んでいく。トラックの運転手は僕が近づいてくるのを見ると、脇によけて通してくれる。

僕は標識に従って正面入口に行き、車を停めて、自動ドアから中に入る。自動ドアはシューッという音を立てて後ろで閉まり、風と雪を閉め出してくれる。入口はひっそりとしていて、びっくりするくらい暖かい。濃い青色の制服を着た警備員が、分厚いガラス板の向こうにあるデスクの前に座っていて、興味なさげに僕を見ている。

僕は彼に近づき、ガラスにあるスピーカー越しに、兄に面会するために来たと言う。

ここの患者か？　と警備員は訊ねてくる。

そうです。

名前は？

僕は兄の名前を言う。彼は頷き、ガラスの自分の側にあるスライド式の引き出しにクリップボードとボールペンを入れて、引き出しを僕の側に押し出す。

そこに記入を、と彼は言う。後ろにある時計を見る。あと十分は入れないぞ。

僕は頷き、壁際に並んでいる椅子の一つに座る。クリップボードに留められている書類は、僕の住所氏名などの情報や、患者との間柄、訪問の理由を訊ねている。もし僕が負傷したり殺されたりしても、当院は一切の責任を負いません、という免責事項もある。僕は笑みを浮かべつつ、その三重複写の書類に署名する。

クリップボードとボールペンを持ってデスクに戻り、引き出しを警備員の側にスライドさせる。彼はクリップボードを取り出して、見もせずに脇に置く。ボールペンは引き出しに入れたままだ。僕はズボンのポケットに両手を突っ込んで、軽く咳をする。

あと二分、警備員は下を向いたまま言う。

僕は思い出す。千匹ものバッタが甲高く唸る鳴き声。口の中で混ざり合う、土と血の味。

僕は待つ。二分経つと、警備員はデスクの下に手を伸ばし、僕からは見えないところにあるスイッチを入れる。僕の右にあるドアの内部で、大きなブザー音がする。警備員はドアを開けるように身振りする。僕がドアを開けて敷居のところに立って、ドアが閉まってまたロックがかからないように押さえていると、警備員はどう行けばいいのか教えてくれる。その指示を聞き終えて、僕はドアを抜ける。

廊下の突き当たりまで進んでいけ、と彼は言っていた。この階の患者は自由に動き回っていいことになっている。話しかけてくるやつもいるだろうし、不愉快なことを言ったり、脅してくるやつもいるかもしれない。無視すればいい。確かに臭い連中だし、服装は変だし、派手に露出しているときだってある。危ない見かけのやつもいる。それに騙されないことだ。害のない連中なんだ。ひたすら歩き続けろ。何があっても立ち止まるな。とは言っても、走るのはだめだ。いいか、走るなよ。廊下の突き当たりまで行けば、エレベーターがある。それで七階に上がれ。エレベーターはドアが閉まると暗くなるし、上がるときは揺れるだろうが、心配ない。閉所恐怖症なら、気持ちを落ち着かせとけ。七階までほんのちょっと乗るだけだ。エレベーターが止まってドアが開いたら、左側の廊下を進んでいけば、看護局がある。その階では患者のことは心配いらない。その階の連中は全員部屋に入れられて、施錠されて常に監視されてる。

僕は警備員の指示通りに進む。七階の看護局では、ぱりっとした白い服を着た細身の男に、さらに書類に記入させられる。

僕は思い出す。シャツが肩のところで破れてしまったこと。体の下で、地面から半分出ていた石が、背中の真ん中に当たっていたこと。

あいつあんたの兄貴なのか？　記入を終えて書類を渡すと、看護士は訊いてくる。

そうです、と僕は言う。

まったくさ、厄介なやつだったよ、と彼は僕に言う。あいつをどうにか扱える看護士は一人だけでさ。しかも、そいつは最低一週間はいないんだよな。

どこにいるんです？　別に興味があるわけではないけど、僕は訊ねる。

昨日あんたの兄貴を風呂に入れようとしてたんだよ、と男は言う。朝食のカートの脇を通りかかったら、あいつプラスチック製の重いコーヒーポットをつかんで、リトル・ジョンの顔面を一撃しやがった。鼻が真っ二つに折れちまったよ。

男は笑って首を振る。何と言えばいいのか、僕にはわからない。だから何も言わない。

僕は思い出す。滲んできて、溢れ出す涙。自分が泣き叫んだこと。怖くて情けなくて、口の中は土と血でいっぱいで、野原の上には太陽がぎらぎらしていて、周りでは千匹ものバッタが一斉に鳴いていて、折れた細い草の茎と剝き出しの石がちくちく当たっていた。

とにかくさ、と看護士は言って、ついてくるように僕に合図する。それでここの隔離部屋に入れてるってわけさ。周りにも自分にも危険だからね。がっつり投薬しなくちゃならなかったから、あまり会話は期待しないでくれよ。

彼は廊下の一番端にあるドアの前で立ち止まる。がっしりしたドアで、窓はなく、目の高さにスライド式の小さな仕切りがあるだけだ。看護士は拳で三回ドアを叩き、兄に呼びかけて、来客を告げる。キーを鍵穴に差し込んで、二回ぐるっと回す。錠の内部のはじき金が、ガチャッという重い金属音を立てて回り、その音が廊下に反響する。ドアが開く。

さあどうぞ、と看護士は言う。心配ないよ。拘束服を着てるし、俺も見てるから。彼は仕切りをスライドさせて開けて、どういうことか見せてくれる。

心配なんかしてないよ、と彼に言おうかとも思う。兄はあんなことをしでかしてしまったし、どう見ても取り返しがつかないほど狂ってしまったけど、それでも、僕の兄だということに変わりはない。でも、他のみんなと同じように、この看護士もわかってくれないだろうと気づき、僕は頷くだけにして、部屋に入る。ドアが後ろで閉まる音がする。

僕は思い出す。復讐心に燃える神が僕を助けに来たように、少年の後ろにそびえて太陽を隠す、巨大で怒れる兄のシルエット。兄が何度も何度も少年を殴りながら繰り返していた言葉が、いきなり蘇ってくる――**生殺与奪を握っているのはこの私だ！　誰も私の力から逃れられない！**

でも今、この部屋で兄といると、それが本当にあった記憶なのか、想像のものなのかは、どうでもいいことのように思えてくる。体が突然熱く、ぐったりと感じられるけど、すべてがどうでもよくなる。

でも、ここに来た目的がもう一つある。残っている体力と決意がなくなる前に、それを片付けてしまうのが一番だろう。

僕はジャケットのポケットに片手を入れて、硬い重みを確かめる。

持ってきたものがあるんだ、と兄に言う。僕の顔に笑みはない。

僕は手を抜いて、棍棒《ブラック・ジャック》も一緒に取り出す。後ろの、鍵のかかったドアの向こうで、看護士が声を上げる。誰かに腹を殴られたような音を出している。ドアを激しく叩いているけど、僕は無視する。大慌てで呟く声と、パニックでおぼつかない手つきで鍵を探る音がするけど、そのときにはもう手遅れになっている。

退却

わたしはセイル山を荒れ果てた廃墟とし、行き来する者がないようにする。わたしは山々を殺された者で満たす。お前の丘にも谷にも、あらゆる谷間にも、剣で殺された者が倒れる。わたしはお前を永久に荒れ果てた地とする。お前の町々には住む者がなくなる。そのとき、お前たちは、わたしが主であることを知るようになる。

——エゼキエル書　第35章7—9節

名誉除隊などの形で、アーノルドは海兵隊を除隊になったわけではなかった。砲弾が絶え間なく降り注ぎ、軍人も民間人も逃げようと必死で互いを踏み台にしていくなかでは、そのような正式な書類や儀式といった手続きの時間などなかった。海兵隊からの離脱は、より正確には追放とでも言うべきものだった。ある夜、彼はライフルを捨て、軍服も脱ぎ捨ててメキシコシティから逃げ出し、炎があたりを日中のように明るく照らすなか、砕けたレンガとガラスの破片の上を這々の体で走り回った。脱走の罰を受けるなどとは考えなかった。どう見ても罰などなかったからだ。進化心理学軍の圧倒的な最終攻勢の前に、結束や指示系統といった体面はことごとくかなぐり捨てられていた。アーノルドが見かけた陸軍中将などは、道路の中央で素っ裸になり、血に汚れた服を死体から剝ぎ取って着ていた。こそこそとして怯えたその表情は、階級にはまったく似つかわしくないものだった。それにすぐ続き、アーノルドは自らの野戦装備を捨て、北へ向かった——八年間目にしていなかった故郷へ。

辛い旅路だった。立ち往生して焼け焦げた車や、速く逃げるために捨てられた持ち物、豚をけしかけつつ子どもたちを後ろに引き連れた地元のメキシコ人たちや、至るところにある死体や死にかけた人々で、道路は埋め尽くされていた。アーノルドは片脚を引きずりつつ路肩を歩いた。榴散弾の大きな破片が太腿深くに食い込んでいた。痛みと渇きと絶望に苦しみつつも、死ぬことへの恐れではなく、母親に再会しないまま死ぬことへの恐れが、彼をせき立てていた。セリア――ポストモダン人類学海兵隊に入隊するつもりだと言った息子を罵った母親。アーノルドが父親を抱きしめ、バッグを担いで出ていこうとすると、自分のキッチンの床に唾した母親。そして、父親からの手紙によると、自分の母親を死に至らしめたものと同じ痴呆症に苦しんでいる母親。

「アーニー、家族を失うのは突然のほうがいいよ」父親は最後に届いた手紙で書いていた。「どんな事情でも楽なことはないけれど、延々と長引くなんてひどすぎる。ある一瞬があるべきなんだ。その一瞬が終わったら、その人もいなくなっていて、そのあとで、残された人は味わうべきものをしっかりと味わうようにするべきだ。生きた亡霊たちに悩まされなくても、悲しみというものは十分すぎるくらい辛いものだよ。でも、私は母さんを少しずつ失っていって、思い出も一つ一つ消えていくんだ」

この知らせはアーノルドの心を大いに悩ませていた。母親の調子が良くないからというだけではなく、メキシコにいた八年間で、かつては写真のように鮮明だった彼自身の記憶もまた、ゆっくりと薄れ始めていたからだった。まず、気がつくと、故郷の人々の顔を思い出せなくなっていた。座って目を閉じ、例えば母親のことに気持ちを集中し、彼女がつけていた天然のカモミールの香水の匂いや、はきはきした笑い声の響きに心を傾けようとしても、母親の姿は蘇ってはこなかった。他の人々も思い出そうとしてみた。父親、友だち、昔の教師たち。だが、せいぜい不鮮明な姿がぼんやりと心に浮かび上がってくる程度で、水中を裸眼で眺めているようなものだった。

さらに悩ましいことに、海兵隊の尋問担当だったアーノルドにとって、記憶とは（彼自身の記憶だけでなく、尋問する進化心理学軍の捕虜たちの記憶も）まさに商売道具だった。彼にとって、任務を成功させることとは、単に鮮明に思い出すだけでなく、即座に思い出すこと、つまりは、脳裏に保管してある特定の捕虜に対する尋問結果の複写にアクセスし、何日も前、ときには何週間も前に行った同様の質問に対する答えと比較し、臨機応変に尋問の流れを調整して真実を探り出すことにあった。だが、時が流れ、遠い過去の記憶が薄れるにつれて――島に移ったのは、彼が何歳のときだったか？高校のときに夢中になった相手の女の子の名前は？――彼を苦しめていた何かが、短期記憶の貯蔵庫にある情報を貪り食い始めた。突如として記憶能力が飛び飛びになってしまったことへの対策として、尋問を録音するようにしたが、彼は尋問官としては役立たずになった。

それが一大事だったわけではない。そのころには、進化心理学軍による封鎖によって、海兵隊の戦闘能力は封じ込められ、ついには消し去られていた。食料も、燃料も、弾薬も、チャンスも尽きた。戦争は負けだった。それは死と同じく明白で避け難いものであり、信頼できる情報がどれほどタイミングよく集まったとしても、その事実は揺るぎようがなかった。そこで、アーノルドは皆とともに逃げ出し、他の脱走者たちも自分と同じことを望んでいるに違いないと想像した――進化心理学軍がメキシコから北になだれ込み、イナゴの群れのようにすべてを破壊する前に、故郷にたどり着くこと。

足を引きずりつつメキシコシティから進んでいくにつれ、活発に逃げている者の数は減った。日が昇ると、死者の列が膨れ上がっており、やがては死体の山によって道路はほぼ通行不能となった。何百、ひょっとすると何千という人々だけでなく、動物たちも——犬やヤギや鶏、アルマジロも一頭——完全に押し潰され、砂漠の太陽を浴びて体の端のほうがひからびていた。しばらくは路肩を歩かざるをえなかったが、そこにも死体が累々と折り重なるようになり、ついには、険しい山道にある手がかりのように、脚や腕や首をつかんでよじ上っていくほかなかった。

死体の山をよじ上る作業は骨が折れた。アーノルドは母親のことを考えた。その疲労、喉の渇きと空腹、脚を動かすたびに走る炎のような痛みを紛らわせようと、アーノルドは母親のことを考えた。最初は彼女の姿を脳裏に思い浮かべようとし、例のごとく失敗した。それからの彼は、意志の力によって母親の姿を明晰にすることに集中した。そうすれば、故郷に戻ったときには、ただ母親に顔が似ているだけのまごついた他人などではなく、昔のままで、彼の話に耳を傾けてくれるセリアに会うことができるだろう。

なぜなら、彼が思い描いていたのは、喜びの涙に満ちた再会ではなかったからだ。まだ母親を愛してはいたが、時間と距離の隔たりによって、その愛はよそよそしく抽象的なものになっていた。その一方で、彼女に対する怒りは生々しく、彼が海兵隊に入隊してからの年月でさらに強くなっていた。彼はもはや、母親の怒りを買わないように唇を噛みしめる多感な十代の少年ではなく、尋問相手の爪を剝ぎ、鉤のようになったガラスの破片を無理矢理飲み込ませた二十分後には、うなされることなくぐっすりと眠ることのできる男だった。つまりは、誰が相手であろうと対等に渡り合うことのできるはずの男。

だが、母親への恨みを晴らすチャンスがあるのかどうか、彼は疑い始めていた。正午に近くなり、太陽が空高くから照りつけてきたとき、脚は力尽き、彼は死体の山の頂上近くで突っ伏した。ごろりと仰向けになるだけでも一分近くかかった。ぜいぜいと喘ぎながら、彼はヤギの死体の疥癬だらけの臀部に頭を預け、目の上に片腕を投げかけて日の光を遮った。衰えていく筋肉を補う精神力をどうにか奮い起こそうとした。数年前、彼が「意志の卓越」などのポストモダン人類学の教義を信じていたころだったなら、信仰の力のみで立ち上がることもできただろう。だが、メキシコシティの防衛と同様に、彼の信仰はもう打ち砕かれていた。食料も、水も、信仰も、チャンスも尽きた。

アーノルドは戦闘から遠く離れたところまで移動していたため、砲弾や迫撃砲の轟音はもはや聞こえなかった。砂漠の朝は静かで、ときおりハゲワシが金切り声を上げて騒ぐ程度だった。だが、死体の山に横たわったまま、体の下にある膝や肘や鉤爪やひづめといった角が痛くなってくるほどの時間が経つと、彼は遠方で轟く音に気づいた。最初は空耳かと思うほどかすかな音だったが、その音の源がゆっくりと近づくにつれ、次第に大きくなった。そのうち、戦車のキャタピラーが動く音がわかり、目を開けてみると、装甲付きの戦闘用ブルドーザーが——実際にはシュワルツコフ戦車の前面に排障機が取り付けられているだけのものだった——彼に向かって道路の中央を進んでいた。排障機の前で死体の山が盛り上がり、硬直した手足をばたつかせながら、乾燥機の中の衣服のように引っくり返されては脇にこぼれ落ちていった。アーノルドが片腕を上げて弱々しく振ると、戦車は彼から五メートルほどのところで停止し、タービンエンジンの音が低くなった。

違う状況であれば、砲塔から姿を見せたのがクリスピーだったことにもっと驚きを覚えたかもしれない。もっと頭がはっきりしているとき、あるいは、クリスピーがどうしようもなく狂っていて、一度も運転したことのないシュワルツコフ戦車を盗んで逃走車にしてもおかしくないような男だと言われていなかったのであれば。しかし実際は、クリスピーが戦車の前を滑り降り、彼が横になっているところまで死体の山をよじ上ってきたとき、アーノルドの心には、信じられないという思いが、つかの間、ごく穏やかに訪れたのみだった。

「アーニーよ」クリスピーはアーノルドの片腕を肩にかけて彼を引き起こしつつ言った。「言っとくけどさ、俺は今、目の前のやつは全員轢いてくってポリシーを特別に曲げてんだぜ」

上顎にへばりついたアーノルドの舌が自由になるには、しばらくの時間を要した。「光栄だよ」彼はようやく言った。「けどさ、水持ってないんなら、いっそ俺も轢き殺してくれたほうがましだったよ」

「大丈夫、心配ないって」クリスピーはアーノルドを体半分戦車に担ぎ上げ、身をかがめ、両手で背中を押した。「そこに乗れよ」と彼は言い、アーノルドが嫌々ながらも足をばたつかせると、足がかりが見つかった。クリスピーが押してくる力を頼りに、砲塔の上に体を引き上げた。彼は開いたハッチを見下ろしていた。五、六対の目が彼を見つめ返していた。どうやってか、クリスピーは戦車の内部に犬を三匹、豚とヤギを一頭ずつ、それからペットとして飼っているぺぺという名の太いくちばしのオウムを押し込んでいた。

「どうして動物がいるんだ?」クリスピーが大きな声を上げつつ横に上がってくると、アーノルドは訊ねた。

「俺の性格知ってるだろ」とクリスピーは言った。「人間は勘弁だけどさ、動物といるのは好きなんだよな」

彼のことはよく知っていた。マッチやタバコ、極端なときは熱した鉄やライター用の液体といったものばかり使って、捕虜から情報を引き出そうとする癖にちなんで、クリスピー《こんがり》というあだ名を付けたのもアーノルドだった。

「戦車をどうやって手に入れたのか訊くべきかな?」とアーノルドは言った。

「やめとけよ」

「じゃあ水は?」

クリスピーは首を振った。「知らないほうがいい。もっとエグい話になる」

「そうじゃなくてさ、水もらえるか?」

「おっとそうだった。そりゃもちろん」クリスピーはハッチの中に姿を消し、しばらくすると、まだ封がされているプラスチックの四リットル容器を持って現れた。「ここに乗ってくことになるぞ」と彼は言った。「下にはあんまりスペースがないんだ」

アーノルドは容器を開けてごくごく飲んだ。水がこぼれて首を伝い、シャツを濡らした。

「おいおい」クリスピーが戦車の中から声を上げた。「もったいないぞ。お前のことは好きだけどさ、俺の水を無駄にするなよ」

クリスピーの言葉と、その裏に込められた脅しを強調するかのように、ヤギが一声メーと鳴いた。

アーノルドは手の甲で口元を拭った。容器のキャップを閉め、ハッチ越しに手渡した。

「ちょっと待て」とクリスピーは言った。「このバケモノをどう運転したらいいか、まだわかんなくてさ」

戦車は前によろめいた。アーノルドは後ろに転げ落ちそうになったが、やみくもにハッチの縁をつかんでどうにかこらえた。タービンの出力が上がり、また死体が雪崩れ落ち始めると、彼はうたた寝にちょうどいい体勢を見つけようとした。

午後いっぱい、彼らは北上し、ついに死者たちがまばらになり始めると速度を上げた。クリスピーは一度戦車を止め、死体の腕を一本叩き切って犬たちに与えた（「あいつらがヤギをじっと見てる目つきときたらさ、ハムサンドが目の前にあるみたいなんだ」）。そしてもう一度止まったときは、道路でひなたぼっこをしていたカメを拾い上げた。ペースはまだ遅く、クリスピーには油断がならなかった――彼の狂気は、軍の規律とサディスティックな性分を実践する公認の機会によって、もはや抑えられてはいなかった――とはいえ、アーノルドは一マイル進むごとに明るい気分になった。もうじきテキサスにたどり着くだろうから、そこでクリスピーとはおさらばし、独り家路につけばいい。

夕暮れになり、クリスピーがぎくしゃくと戦車を止め、動物たちを一匹ずつ手渡してくると、アーノルドの楽天的な気持ちはやや勢いを削がれた。

「今晩はここで泊まる」ハッチから抜けてきたクリスピーは言った。「朝早くに出発だ」

クリスピーと一緒にいればいるほど、何か良からぬ事態になり、故郷に帰れずに母親とけりを付けることができなくなってしまうのではないか、とアーノルドは思っていた。だが、彼は文句は言わなかった。ここで夜を明かす、とクリスピーが言ったのなら、そうするしかない。不安定なクリスピーの親切心をむざむざ危険にさらし、その良からぬ事態を招くような真似はしないのが賢明というものだ。

実のところ、彼はクリスピーの機嫌を取ろうと全力を注いでおり、怪我を押して焚き火用の枝や下生えを集めようとした。

「アーニー、無理すんなって」とクリスピーは言った。「もう少し水飲めよ。お前子猫くらいの体力しかないぜ。火は俺一人でなんとかするさ」

もちろん、クリスピーは一人で火をおこせたし、アーノルドにはありがたかった。火が燃え始めるころには、出てきた風が日中の熱を山地のほうに吹き飛ばしてしまい、ほんの二、三時間前には想像もできなかったほど寒くなっていたからだ。故郷を思わせる冷気だったが、その記憶も遠く、つかみどころのないもので、メイン州の厳しい冬をじかに十回以上経験したというよりは、本で読んだにすぎないように思えた。カメを除く動物たちは、戦車から放たれるやいなや、ばらばらに散らばっていたが、熱と光に引きつけられてあちこちから戻ってきた。

クリスピーは地面にあぐらをかき、TDIナイフを使って肉切れをあぶっていた。犬たちはそばで横になり、ナイフの先で回転してはジュージューと音を立てる肉に釘付けになっていた。一切れ差し出されたアーノルドは、何の肉かと訊ねはしなかった。お墨付きの人間嫌いにして動物好き、さらには精神病質者でもあるクリスピーに、暗に疑っていたことを事実と認められることで、食欲に水を差されたくなかった。

「でさ、どこに行くつもりなんだ?」クリスピーは口いっぱいに頬張りながら訊ねた。

「家だよ」とアーノルドは言った。「北にあるんだ。もっと、もっと北だよ。お前が行きたくないくらいの北だ」

「それはどうだか」とクリスピーは言った。「地理的な話をすればさ、俺は別にあてがあるわけじゃないんだ。帰る家もないし。国境越えてさ、狂ってるのを終わりにしたいだけなんだよ」

アーノルドは困惑してしまい、何も言わなかった。

「何だよ」TDIナイフの刃からまた肉の塊をかじり取りつつ、クリスピーは言った。「狂ってるって自覚がないとでも？　みんな違うこと言ってるけどさ、イカレてしまったら、自分でわかるんだ。しかも逃げようがない。朝も昼も夜も狂ってる。狂ったまま、ずっと狂ったままだ。夢まで狂ってる。でも、もうじき終わりさ」

「わからないな」とアーノルドは言った。

「おいおい。俺に合わせなくていいって。俺がどっか抜けてるなんて考えたこともないなんてふりしなくていい」

「そうじゃなくてさ、クリスピー――」

「それにお高くとまらないでくれよな、スーパーマン。お前もキチガイ病院に入れるくらいのことしてるのは見てきたぜ。忘れるなよ」

アーノルドが思うに、二人の違いとは、彼は真の信奉者として心を鬼にして尋問官の務めを果たし、快楽を覚えはしなかったのに対し、クリスピーは、火のついたマッチを捕虜の目に押し当て、あるは足の裏に炎を当てるときにはいつも硬く勃起しており、それを隠そうともしなかったことだった。

「お前の頭の中くらいわかるよ」クリスピーは言った。「俺とは違うってんだろ。お前はただの優秀な兵士だっただけだけど、この俺はタダでも引き受けたってとこだ。そうとも。あれがやれるなら金払ったってよかったさ」彼は軟骨のかけらを犬たちに投げ、新しい肉切れをナイフに突き通した。「ま、当たってるとこもある。でもさ、教えてくれよ――最初の尋問のあとの寝心地はどうだった?」

「寝なかったよ」とアーノルドは言った。「二日間」

「その通り。それじゃ今は? 死んだ赤ん坊みたいに寝てるだろ。違うか?」クリスピーは炎の向かい側から彼に微笑みかけた。「お前のママが戦争に送り出した坊やとは別人だろ、アーニー?」

どうしてさらなる怒りを覚えたのか、アーノルドにははっきりわからなかった。クリスピーに痛いところを突かれたからなのか、アーノルドの母親の話を出してきたからなのか。「それじゃお前のママは外道に堕ちたカス野郎を見ても自分の息子だってわかるのか?」と彼は言った。

「そらきた!」クリスピーは笑った。「俺が言いたいのはまさにそれさ。イカレた男に食ってかかるなんてさ」彼は肉の焼け具合を確かめて二つに裂き、片方をアーノルドに渡した。「大して違わないんだよ、俺とお前」

「話を切って悪いけどさ」アーノルドは言った。「もともと俺が言いたかったのはそこじゃないんだ」

「どういうこった?」

「お前が完璧に狂ってるなんてわかってるさ。俺が言いたかったのは、国境を北に越えたら、それがいきなり変わるなんてことがあるのかってことなんだ」

クリスピーは彼をじっと窺い、本気で言っているのかどうか確かめようとしているようだった。

「知らないのか？」

「何を？」

「そもそもさ、お前入隊してからどれくらい？」

「八年」

「故郷の人間と話はしないのか？」

「親は島で自給自足生活してる。世間には疎いんだ」

「そりゃどうしようもねえ」とクリスピーは言った。「いいか、一単語、三文字のやつだ。『ナノテク』だよ」

「四文字だぞ」

「何だっていい。原子サイズのロボットのこと言ってんのさ。悩みを何でも治すようにプログラムされてる。癌になったんなら、腫瘍を見つけて殺してくれる。やんなきゃよかったって思い出があんなら、そいつをしまってる脳細胞を嗅ぎつけて、きれいに消してくれる。頭がおかしくなったんなら、悪いＤＮＡの鎖を繕ったり神経伝達物質をゴシゴシ磨いたり、あれこれ調整して、必要な記憶浄化もやってくれる。するとあら不思議ってわけ。使い方はそれこそ無限にあるけどさ、だいたいわかるだろ」

アーノルドは笑った。「お前本当に頭おかしいって」

「そうは言っててもさ、目は笑ってないぜ。興味あんだろ。治したいことをあれこれ考えてるだろ。そりゃ当然だよ。考えないほうがおかしい」

アーノルドはしばらく無言だった。そして口を開いた。「記憶を取り戻すこともできるのか？」

「さあな。俺専門家じゃないし。でも、仕組みがわかんなくたって、やってくれるってわかってりゃ十分だろ」

クリスピーはズボンの脚でナイフを拭って鞘に納め、地面に横になって片肘をついた。「なあ、今さら言うのもなんだけど、長い一日だったよな。俺は寝るよ。だから話はもうこれくらいにしようぜ。いいか？」

二分と経たないうちに、クリスピーはいびきをかいていた。もうおこぼれはないと知った犬たちは、前足に頭を載せて目を閉じた。アーノルドはブーツを枕代わりにした。ナノテクという話が、疲労のあまり躁状態に達した彼の頭の隅に食らいついたまま離れず、もう眠れるはずがないと思い始めたそのとき、彼は完全に意識を失った。

日の出のやや前に、クリスピーに蹴られて彼は目覚めた。「元気よく行こうぜ、アミーゴ」とクリスピーは言った。目を大きく見開き、不安そうな笑みを浮かべていた。「爆発音が聞こえるか？　進化心理学軍のやつら、けっこう速く動いてやがる」

アーノルドは南の方角に耳を澄ました。そよ風でかさかさと揺れるヤマヨモギの音しかしなかった。

クリスピーは動物たちを戦車の内部に積み込んでいた。「ヤギ見たか？」

「何も見なかったな。ずっと寝てた」

クリスピーは彼を見た。「ほんとか？」

用心深く、アーノルドは怒りを抑えた。「ヤギがどこかはわからない」と落ち着いて言った。

「どっかにフラフラ行っちまったな」とクリスピーは言った。戦車の側面を上り、ハッチの中に下りていった。「まあいい。もう時間切れだ。行こうぜ」

アーノルドが砲塔の上の持ち場によじ上るのも待たず、クリスピーは戦車を発進させた。止まることも速度を緩めることもなく、何時間も突き進んだ。タービンは悲鳴を上げ、戦車は跳ね上がっては傾いた。振り落とされまいとハッチの蓋をつかんでいたせいで、アーノルドの両手からは感覚がなくなった。

午後遅く、彼らはソリディアリダード・コロンビア橋にたどり着いたが、橋は破壊されていた。コンクリートの支柱以外は何も残っておらず、その支柱も、爆破によって本来の高さの半分ほどになり、壊れた石筍《せきじゅん》のようにリオグランデ川の水面から突き出ていた。対岸には、国境にあるテキサスの町、ボカブイトレが見えた――どれもずんぐりした灰褐色の建物、舗装されていない通り。

「こんちくしょう」戦車から出てきたクリスピーは言った。「橋を吹き飛ばしやがったのは誰だよ？」

「看板があるぞ」とアーノルドは指さしながら言った。

その通りだった。白く大きなプラカードが川岸の端の地面に突き立てられており、同じメッセージが、英語、スペイン語、ベトナム語、中国語で記載されていた。

進化心理学軍、及び関係者各位

この戦争と、それに伴う破壊と人的損失、及び広範な不幸に対する、我々の心からのお詫びを受け入れてほしい。遅きに失したとはいえ、我々は国家として、今回の哲学的論争は全くの愚行であったという結論に達した。したがって我々は、この紛争における当方の役割を終了させ、広く臨床的に効果が証明された手段によって、そもそも紛争が起こったということを忘れる決意をした次第である。同様に、君たち偉大なる人民の慈悲深き性に信を託し、我々の国を侵略して都市を破壊せず、家族を虐殺することのないよう求める。改めて、我々の心からのお詫びと、切なる願いを受け入れてもらいたい。

合衆国政府及び合衆国市民より

「何だこりゃ?」とクリスピーは言った。

「俺もまさにそう考えてた」

クリスピーは拳を振り回した。「どうやって渡れってんだ!」

「落ち着けよ。どうにかなる」

クリスピーはアーノルドのシャツをつかんだ。「なめた口きくな。今朝の爆撃音が聞こえたろ。すぐ後ろまで来てんだぜ。こんなことやってる時間はないんだ」

「オーケー」アーノルドは両手を上げて彼をなだめた。「わかったよ。じゃあ泳いでいくことになりそうだな」

クリスピーは彼を突き飛ばした。「冗談じゃねえ。動物がいるだろ。戦車で行くぜ」

「何だって？　クリスピー、戦車じゃ沈んでしまうぞ」

「そこまで深くはねえよ。岩が出てるのが見えるだろ。ほらそこ。あそこもだ」

アーノルドが見るに、その「岩」とは壊れた橋の残骸で、水面下でどれほど深くから積み上がっているのかは知りようもなかった。だが、半狂乱で危険なクリスピーを相手に、彼は何も言わなかった。

「来るんなら乗れよ」クリスピーはまた戦車の中に戻った。

気乗りはしなかったが、片脚が役に立たない状態で泳いで運試しをすることはさらに気乗りがしなかった。アーノルドが砲塔に這い上がると、クリスピーは戦車を前進させて土手を越えた。川に近づくと、アーノルドには、水面のすぐ下で水際から十メートルほど延びている岩棚が見えたが、そこから先は暗い水で、何も見えなかった。

土手の底で、戦車は急角度で平らな地面に当たり、排障機はフォルクスワーゲン一台分ほどもある土の塊をえぐり取った。戦車は激しく跳ね上がり、水しぶきを上げて川に入り、茶色く泡立つ波を前方に押しやった。岩棚の上では、水は車輪の半ばほどの高さにしかならなかった。

「な？」クリスピーは下から怒鳴った。「見たか！　大して深くないって言ったろ！」

勢いづいたクリスピーはアクセルレバーを前に押し込んだ。アーノルドはしゃがみ込んで足の裏に力を入れ、いつでも飛び出せるようにした。

戦車は岩棚の端で止まり、機械的な深い呻き声を上げてゆっくりと前方に傾き、本来の六十トンの鋼鉄にふさわしく沈んだ。

アーノルドは怪我をしていないほうの脚で飛び出したが、沈む戦車が残す真空に流れ込む水から逃れることはできなかった。太陽が消えた。暗い水中で、渦巻く泡の雲に包まれ、どの方向が上なのか完全にわからなくなった。戦車の機械装置がまだ深くくぐもった音で軋んでいたが、水中では拡散した音になっており、あらゆる方向から聞こえたため、どこへ向かえば息を継げるのか見定める助けにはならなかった。

肺がくすぶり、そして一気に燃え上がる。彼は必死に自らを落ち着かせようとした。感覚ではわからなくとも、自然の浮力が教えてくれるはずだと信じ、じっと待った。しばらくすると、ある方向に体が漂い始め、それが間違いないと感じると、彼はその動きに合わせて水を蹴り、かき分け始めた。すぐにでも水面に上がって息ができるものと確信していたが、その期待よりもずっと長く時間がかかり、彼の目の前に星がゆっくりと舞って破裂するようになり、そして、彼は完全に落ち着いた。突如として、もう一度息をすることはさほど差し迫ったことには思えなくなり、この苦境から逃れることに神経を集中させようとしても、心は体とともに漂っていき、母親のことを考え始めていた――一人の人間を、同じ強さで愛すると同時に憎むことがどうしてできるのだろう、と自問していたそのとき、彼の頭は水面に上がり、脳の本能的な部分に要求され、彼は深く空気を吸い込んだ。

酸素に顔を平手打ちされたように感じ、緊迫感が戻った。彼が周囲を見回すと、犬のうち二匹が水面に上がり、テキサス側の川岸を目指して水をかいていた。アーノルドもその後を追おうとしたが、川の流れは強く、片脚のみで逆らって泳ぐことはできなかった。彼は犬を呼んだ。犬たちは引き続き遠くへ泳いでいったが、彼がもう一度呼ぶと、一匹がゆっくりと大きな半円を描いて戻ってきた。

犬がすぐ近くをかすめたため、アーノルドは尻尾をつかむことができた。脚をせっせと動かし、犬はもう一度半円を描いて鼻先を川岸に定め、彼を引っ張っていった。アーノルドは空いた手で水をかいて手伝おうとしたが、犬は屈強で疲れ知らずのようだった。じきに、彼と犬はずぶ濡れで、疲れきり、無事テキサスにいた。

アーノルドは仰向けになった。「ありがとよ」と犬に言ったが、犬のほうは特別な絆が生まれたとは感じていないようで、すでに仲間の元に戻っていた。二匹は連れ立ってボカブイトレの町に早足で入り、歩きつつ匂いを嗅ぎ、マーキングをしており、彼のほうを振り向きもしなかった。

クリスピーはどこにも見当たらなかった。川はまた穏やかで物憂い流れに戻っており、ほんの少し前に、人間と豚、犬、カメ、オウム、そして戦車を飲み込んだことを窺わせるものはなかった。アーノルドはじっと見守った。クリスピーに現れてきてほしいと思っているのかどうかはわからなかった。だが、数分が経つにつれ、その望みは叶うはずもないと悟り、翼を折り曲げたオウムのぺペの死体が水面に浮かんでくるに及んで、彼はどうにか立ち上がり、脚を引きずりつつボカブイトレに向かった。

メキシコで通りかかった砂漠の小さな町がことごとくそうだったように、その町も無人だろう、と彼は予想していたが、驚いたことに人の姿があちこちにあり、枯れた芝生を刈り、郵便受けを覗き込み、油汚れのある車道に体を横たえて古い車を修理していた。水を滴らせ、びっこをひいたアーノルドは、少なからぬ人々からの横目の視線を浴びつつ、町の中心となっている場所――四方に通じる交差点で、角にはよろず屋が一軒ある――に向かった。

店に入ったアーノルドは、チップスやクッキーの袋、ビーフシチューの缶二つと、何本かの飲料水の瓶をカウンターまで持っていった。小太りでそばかす顔の、中学一年生くらいの少年がレジの前に座っていた。

「金はないんだ」アーノルドは言った。

「じゃあ食べ物買えないよ」と少年は言った。

「戦争から戻ったところなんだよ」

少年は静かに彼を見つめ、スツールをくるりと回し、戸口の奥に向かって声を張り上げた。「カーリーン！」

ヒマワリ色のTシャツを着た、下太り体型の女性が、貯蔵室から出てきた。額にかかった髪の毛を払い、アーノルドに微笑みかけた。「どうしたの、タイソン？」

「この人が食べ物の代金を払ってくれないんだ」

「トラブルを起こすつもりはないんだ」とアーノルドは言った。「息子さんに言おうとしてたのは――」

「あら、タイソンは息子じゃないの」女性はまだ微笑んでいた。「甥っ子よ。わたしの記憶によればね。確かわたしには妹がいたはずで、タイソンはその息子なの。でも、そんなこと誰もはっきり知らないものね」彼女は快活に笑い、手のひらでくるくると円を描くようにタイソンの背中を撫でた。

「なんでもかんでも忘れてしまったみたいだから、みんな」

「甥っ子さんに言おうとしてたのは、その、俺はメキシコでの戦闘《ファイト》から帰ってきたところで、お金がないってことなんです」

「喧嘩《ファイト》があったの？　確かにこっぴどくやられたみたいね」

「戦争のことですよ。メキシコでポストモダン海兵隊に八年間いたんです」

「おまけに幻覚を見てるのね。頭を殴られたのかしら？」まだ笑みを崩さず、彼女はカウンターから回り、アーノルドの腕に手を置いた。「二階に上がって、しばらくソファで横になったら。タイソン、部屋に連れてってあげて」

故郷に向けて移動を続けたかったアーノルドは抗議しかけたが、硬い地面ではなく、柔らかい場所に横になって一寝入りするチャンスは、逃すにはあまりに魅力的だった。

タイソンはスツールから立ち上がった。「こっちだよ」と言い、戸口の向こうに消えた。アーノルドがその後について狭い階段を上がると、屋根裏がアパートになっており、そこを埋め尽くす何百という段ボール箱には、「激うすウェストシェイパー」や「おしっこナイナイ尿清掃完全キット」といったラベルが貼ってあった。三箱、四箱と、床から天井まで積み上げられ、かろうじて部屋を通り抜けられる程度の隙間しか残っていなかった。

「片付ける片付けるってカーリーンは言ってるけどね」とタイソンは言った。「でもこのままだよ。何か返品するときに、入れる箱がなかったらどうしようって心配してるんだ。リビングはこっち」

箱を押しのけるように、アーノルドはタイソンの横をどうにか抜けてソファにたどり着いた。彼はブーツを脱いで横になった。

「タイソン、どうも」目を閉じたアーノルドは言った。「カーリーンにお礼を言ってくれ。二、三時間寝たら出てくよ」

「いつまでいても彼女気にしないよ。頭おかしいんだ。みんなそうだけど」とタイソンは言った。箱のラベルをじっと見るふりをし、そして、「海兵隊にいたの？」と訊ねた。

アーノルドは目を開けて彼を見た。「戦争を覚えてるのか？」

「全部覚えてるよ」タイソンは言った。「あの人たちが来たときさ、錠剤を舌の下に入れたんだ。出ていってからぺって吐き出したよ」その簡単さに少し笑ってみせたが、自分の機転に自慢げだった。

「他に覚えてる人は？」

「このへんではいないよ。ぼくの知ってる人では」

アーノルドは考え込んだ。「タイソン、俺はちょっと寝るから、そのあと二人で話をしようか。悪い話、怖い話だ。できると思うか？」

タイソンは鼻に皺を寄せた。「何でも来いだよ。ぼくは怖くない」

「よし」アーノルドは少年に向けて片手を上げた。「ところで、俺はアーノルドっていうんだ」

タイソンはその手を一度握ってから離した。「へんな名前」

アーノルドはおかしさをこらえた。「タイソンよりましだろ。じゃあ寝かせてくれ」

アーノルドが目を覚ますと、部屋はまだ日の光で明るかった。一時間以上は眠りに落ちていたはずだったので、混乱してしまったが、しばらくして、次の日の朝なのだと悟った。

テレビに映った男が彼に訊ねていた。「名前を書くくらい簡単に、美しいデザイナー・ネイルを作れるとしたら、どうします？」

その答えはアーノルドにはわからなかった。幸いなことに、テレビの男は知っていた。

「そんなあなたに、これ！　新型の『キラキラデュオ・ネイルペン』です！」

カーリーンの太った体が、戸口の両側に積み上げられた箱の隙間を通り抜けてきた。「起きたのね。もうそのまま永眠かと思ってたわ」

アーノルドの片脚、榴散弾の破片が食い込んだところが固く感じられた。見下ろしてみると、彼の太腿は包帯と白い医療用テープでぐるぐる巻きにされていた。

「それね、ごめんなさいね」とカーリーンは言った。「ソファに出血してたのよ。けっこうな喧嘩をやったのね！　どう考えたってズボンを脱がすわけにはいかないし」――彼女は忍び笑いし、口に手を当てた――「だから、できるかぎり包帯を巻いておいたわ」

「いいんです」アーノルドは起き上がって目をこすった。「ありがとう」

カーリーンはすぐに話題を変えた。「目玉焼きトルティーヤを作ってるの。あと二、三分でできるわ。テレビを見たかったら、その箱の上にリモコンがあるから」

彼女はキッチンに戻っていった。アーノルドは次々にチャンネルを変え、ニュースを見ようとしたが、コマーシャル番組しか放送されていなかった。

「鉄人シェフ・ヘンリー」という男が、「パイナップルを空中で切れるくらいの包丁」について、アーノルドに語りかけていた。

別の女性は、体に自信がないことにもううんざりしていないか、岩のような腹筋を本気でつけたくないか、と訊ねてきた。

また別の女性が彼に教えてくれたところでは、平均的な人間は内臓に二キロから四・五キロの有毒物質を溜め込んでいるという。だが、内臓をきれいにする方法がついに見つかったのだ。

「朝ご飯できたわよ！」キッチンからカーリーンが呼んだ。

アーノルドが行ってみると、テーブルには彼の席も用意されていた。タイソンは箱の柱と隣り合わせに座り、静かに目玉焼きやサルサを口に運んでいた。アーノルドとタイソンが食べている間、カーリーンはガスレンジの前をうろうろし、所在なげに平鍋やスパイス入れをいじっていた。

「どうかしら？」もう食べ終わろうかというころになって、彼女は訊ねた。

「とてもおいしいですよ」とアーノルドは言った。

「昔はサルサを作るのに一時間かかったわ。でも、この『超速フードプロセッサー』を買ったら、五分ででき上がりよ。すごいわ」

「大助かりですね」

カーリーンはエプロンを脱いだ。「下に行って店を開けなくちゃね。ここにいるタイソンに、あなたが準備でき次第医者に連れていってあげてって言ってあるわ」

「そいつはありがたい」とアーノルドは言ったが、行くつもりはなかった。「カーリーン、本当にありがとう」

「問題は起こさないことよ、坊やたち」彼女は二人にウィンクして階段を下りた。

「でさ、タイソン」アーノルドは口を拭って皿を押しやった。「俺が話したかったことだけど」

「うん」

「もう時間がないから、ずばっと言うぞ。心構えはいいか?」

「もう子どもじゃないよ」とタイソンは言った。「自分のことはだいたい自分でできるんだ」

アーノルドは少年の顔をじっくりと見た。「オーケー。じゃあ言うぞ。ここから出ていかなくちゃだめだ。今日。でなきゃ俺たちは死んでしまう」

「戦争だね」

「そうだ、戦争だ。俺たちは負けた。あいつらが殺しにくる。わかりやすい話だろ」

「カーリーンは行かないよ」

「どうして?」

「誰も行かないよ」タイソンは言った。「話を聞いてくれないよ。頭おかしいんだって言ったろ。何も覚えてないんだ。おかしいのはぼくらのほうだって言うに決まってる」

「カーリーンも覚えてることはあるだろ。きみの伯母さんだってことは知ってるじゃないか」

「伯母さんじゃないよ」とタイソンは言った。「母さんなんだ」

八年間の戦闘の日々で、自分はショックなど完全に寄せつけない境地に達したのだ、と信じ込んでいたアーノルドは、その言葉に仰天した。

「じゃあ父さんは?」

「死んだよ。海兵隊にいてさ、グアムとかいうところに行って、それっきり」

「彼女そのことは全然覚えてないのか？」

タイソンは食べ残したサルサをフォークでかき分けて列を作った。「理由もないのに泣いちゃうときはあるよ。部屋で、窓の外を見て泣いてるんだ。泣いてるっていうのとは違うかな。顔は笑ってるんだけど、涙を流すんだ。どうしたのって訊いても、わからないけど心配しないで、ときどき悲しくなるだけなのって言うんだ。どうでもいいけどさ」

「タイソン、俺たちと一緒に来るように母さんを説得しないと」

「やってみたら。でも無理だよ」

「そんなふりしてるけど、気にしてるだろ」アーノルドは言った。「でなきゃおかしい」

タイソンは彼を睨んだ。「父さんのことと一緒に、ぼくのことも忘れたほうがいいと思ってるんだ。だから、どうでもいいんだ」

確かに一理あった。「わかったよ」とアーノルドは言った。「カーリーンに話してみる。でも、まだ頼みたいことがあるんだ。車はあるか？」

「外にトラックがあっただろ」

「トラックか。いいぞ。下に行って、ここに来るようにカーリーンに言ってくれ。店番代わるからって」

「オーケー」

「トラックを給油機まで乗っていって、満タンにしてほしいんだ。運転できるんだろ？　それから、店の食べ物と水をどっさり積み込め」

「運転できるよ」

「いいぞ。じゃあ行ってくれ。俺たちもじきに下りるから」

タイソンは一階に行った。待っているアーノルドの耳に、頭上高くを飛行するジェット機の、ラジオの雑音のような音が聞こえたような気がした。彼はキッチンの窓を大きく開け、体を乗り出して見上げたが、晴れ渡った空には飛行機雲はなかった。

彼が事情を知らなかったなら、気のせいだということにしただろう。

カーリーンがキッチンに入り、優しくもどこか虚ろな笑みを向けた。「わたしと話がしたいですって？」

「そうなんだ」とアーノルドは言った。「座ろうか。良かったら、いくつか訊きたいことがあって」

二人はキッチンテーブルを挟んで向かい合って座った。

「カーリーン、旦那さんのことを覚えてるかい？」

彼女の笑みは広がった。「結婚したことはないのよ」

「あるはずだ。旦那さんは戦死したんだ」

「かわいそうな人ね」とカーリーンは言った。「本当に具合が悪いのね。医者に連れていってあげないと」

「カーリーン。俺の言ってることが本当だってどこかでわかってるだろ」

カーリーンは立ち上がった。まだ微笑みながら、彼女は言った。「リビングに行ってテレビでも見ようかしらね」

アーノルドは少し離れて彼女についていった。彼女は箱の合間をどうにか通り抜けてソファにもたれ、テレビにリモコンを向けた。「芝刈りロボ」のすばらしさを力説する女性の声の向こうに、ジェットエンジンの音がまた上から聞こえた――大きく、今度は間違いなかった。

「こっちを見てくれ、カーリーン」彼は言った。「旦那さんがいたのはわかってるだろ。タイソンが息子だってことも」

まだ笑みは浮かべていたが、カーリーンの両目が光り始めた。「これなんか使ってみたいわ」とテレビを指して言った。「裏の草は次から次に伸びてくるし、刈り取る時間なんかないのよ」

「カーリーン、頼むから話を聞いてくれ。俺たちを殺しにくるやつらがいる。今すぐ出なきゃだめだ」

「いいえ、わたしはここにいるわ」とカーリーンは言った。「あなたたちは楽しんできてね」

アーノルドは手を伸ばし、彼女の手首をつかんだ。「そんな話をしてる時間はないんだ」

カーリーンは体を起こした。一瞬、嫌々ながらも抵抗はせずについてきてくれるのかとアーノルドは思った。しかし、彼女に手をきつく噛まれ、指から肉が剝がれてしまった。彼が手を引っ込めると、彼女はまたソファにもたれた。その笑みは赤い筋で汚れていた。

遠くの爆発音が、建物をがたごと揺らした。テレビは切れ、男性による「ニオイキラー」のさまざまな使用法の説明は途中で打ち切りとなった。

「あら、雷雨ね」とカーリーンは言った。「久しぶりだわ。ここはほとんど雨が降らないけど、たまにあると嬉しいわね」

片手を胸元で握りしめたアーノルドが見つめていると、カーリーンは血がついた顎の下に両拳をしまい込み、ゆっくりと体を丸めた。まだ微笑み、何も映ってはいない無言のテレビ画面から目を離さなかった。そのとき、唐突に消えることのない悲しみがアーノルドを襲った。彼女に対する悲しみではなく、タイソンに対して。じきに母親を失ってしまうからではなく、もうすでに失ってしまっていることに対して。

一連の爆発が、アーノルドの足下の床をまた揺さぶった。彼はカーリーンに背を向け、キッチンを駆け抜けて一階に下りた。外に出ると、トラックは給油機の近くでアイドリングになっていた。タイソンは助手席に座り、フロントガラス越しに、町の至るところで燃え盛る火から上がる黒い煙の柱を静かに見つめていた。

アーノルドは運転席に乗り込んだ。

「言っただろ」空から目を離さず、タイソンは言った。

「そうだな」アーノルドはトラックのギアを入れ、北ではなく西に向かい、砲弾と炎と、自分たちの世界が破壊されようとしているとも知らない様子の人々の間を走り抜けていった——そして、ボカブイトレが地平線の彼方に消え、タイソンが静かに、体を動かすことなく、老人のように泣き始めても、二人とも無言のままだった。

謝辞

いつもなら、僕は目の前の課題に応える以上の言葉を見つけられる。でも、この本を書くにあたって力を貸してくれた人たちに感謝するとなると、言葉なんて情けないくらい不十分なものになってしまう。でも、料理の腕は鈍ってしまったし、無料で医療サービスを提供するのは違法だから、言葉でどうにかするしかなさそうだ。

誰もが認める、作家エージェントのヘビー級チャンピオン、サイモン・リプスカーに大きな感謝を。彼はいつも全力で僕を支えてくれて、クライアントが僕しかいないんじゃないだろうかっていう気にさせるという、ありえない偉業を、毎日は言いすぎだとしても少なくとも隔週でやってのけてくれる。それから、僕に我慢して付き合ってくれる、ニッキー・フェラとダン・ラザー、そしてライターズ・ハウスのみんなにもお礼を。

心優しき編集者のモリー・スターンは、手取り足取り、僕の本をより良いものにしてくれた（たぶん、心の中では僕を牛追い棒でぶん殴って、早く作業を進めたかったんじゃないだろうか）。それから、バイキング社のアレサンドラ・ルサルディとローラ・ティスデル、その他の裏方さんたちにも感謝したい。ブックカバーに名前が出ることはないけれど、この本が成功したとすれば、その功績をもっと主張していい人たちだ。

ゾエトロープ・ワークショップでの、才能溢れる仲間たちからの支えにも感謝を――作家として鍛えてもらったのも、この本の大部分が生まれたのも、そのワークショップでのことだった。

最後に、とりわけ大きな感謝を、僕の家族と友人たちに。僕が何も成し遂げていないときでも、一言だって疑いを口にすることはなかったし、今、何かを成し遂げたときには、大物扱いしないでいてくれる。なかでも、両親のロンとバーバラは、理不尽なくらいに長く、僕のことを我慢してくれた。紙にインクで書いた言葉で伝えられるより、はるかに大きな謝辞を送られるべき二人だ。

訳者あとがき

「神は死んだ」――フリードリヒ・ニーチェによって十九世紀末に一気に有名となったこの言葉は、当時の世相を映し出し、また近代全体の現象を指し示すものとして、さまざまな文脈において反復されてきた。また、そのヴァリエーションとして二十世紀に口にされた「小説は死んだ」や「ロックは死んだ」といった言葉もまた、同時代の現象に対する批判として繰り返されるなかで、もはやクリシェと化したと言っていい。そしてさらに世紀を改めた今、「神は死んだ」という言明はすっかりインパクトを失い、もはや誰も驚かせはしなくなった――。

そこに登場したのが、アメリカの新人作家ロン・カリー・ジュニアのデビュー作にあたる本書『神は死んだ』（原題は *God Is Dead*）である。二〇〇七年に発表されたこの連作短篇集は、陳腐化したものとばかり思われていた「神の死」を斬新な語りの数々に変えてみせ、アメリカ文学にまた一人ユニークな声が現れたことを告げた。それを裏付けるかのように、本書は二〇〇八年、優れたアメリカの若手作家に贈られるニューヨーク公立図書館若獅子賞を受賞した（過去の受賞者にはウェルズ・タワーやジョナサン・サフラン・フォアなどがいる）。

カリー・ジュニア自身は、ニーチェの言葉よりも、ドストエフスキーによる『カラマーゾフの兄弟』

での一節、「神がなければすべてが許される」が、本書全体のインスピレーションになっていると語っている。具体的なプロットや登場人物よりも、大枠の構想からスタートするという彼は、最初に短篇「偽りの偶像」を書き始めてまもなく、設定として選んだ神なき世界の成り立ちについてさらに描いていく必要があると感じ、その短篇を補完するような作品を次々に書いていった結果、連作短篇集としての本書が完成したと語っている。本格的に創作を志すにあたって目指し、さらには「パクり」もしたという作家たちとしては、T・C・ボイルやデイヴィッド・フォスター・ウォレス、チャールズ・ブコウスキー、ウィリアム・バロウズらの名前を挙げている。カトリック教徒として育てられた経歴から聖書に親しみ、各短篇の冒頭に聖書からの引用を配置している彼だが、現在は無神論に近い立場だという。

本書の特徴としてまず挙げられるのは、実際に神が生身の登場人物として物語に現れ、かつ、まったく無力なまま死んでしまう、という設定だろう。文字通り神が死ぬという、ありそうでなかなかない形で、本書の世界は幕を開ける。スーダンとアメリカ合衆国、特にカリー・ジュニア自身の故郷である北東部メイン州を主な舞台として、あるときはカーヴァー風のリアリズム、またあるときはヴォネガット風の近未来ＳＦと、実にさまざまな語り口から、神を失った世界に生きる人々の姿が描かれていく。

具体的に、本書を構成するそれぞれの短篇を紹介しておきたい。表題作である冒頭の「神は死んだ」で、本書全体の世界は一気に明らかにされる。紛争のさなかにあるスーダンのダルフール地方に、現地のディンカ族の若い女性として、神は姿を現す。その設定が、最終的にはアメリカを映し出す鏡のようになっていることは、ブッシュ政権一期目において国務長官を務めたコリン・パウエルの登場によって、まもなく明らかとなる。虚構のパウエルが吐き捨てるように暴く、強烈なまでのインパクトを持つ人種のドラマには、神を失う前からアメリカが抱え込んできた倫理的な葛藤が集約されている。

続く「橋」によって、舞台は本格的にアメリカ合衆国に移る。前篇での描写の激しさや切迫感から、今度は、地方から大学での新生活に旅立とうとする女の子という、全米各地で毎年見られるようなのどかな光景が広がる。過去に別れを告げていき、未来への期待に胸膨らませる主人公ダニーは、晴れ晴れとした気分で車を走らせていった先に、まったく予期していなかった異様な場面に立ち会うことになる。ついに、神の死という知らせが全米を駆け抜け始めたのだ……。

「小春日和」は、「橋」からしばらく経ったアメリカの町で、虚無感と絶望に追いつめられた大学生の男子グループを描いている。親友たちがお互いに銃を突きつけ合ってカウントダウンをしているという冒頭の場面から、物語は一気に走り始める。社会全体が麻痺し、次第に崩壊に向かうなかで、すべてを「さっさと終わりに」しようとする若者たちの無軌道な暴走が、本書のなかでも際立ってささくれ立った語り（そして最後には一種のどんでん返しも用意されている）を貫いている。

そして本書の中核とでも言うべき「偽りの偶像」は、神を失った信仰心が子どもに向かってしまう「児童崇拝」に陥った地域の町を舞台としている。子どもを神聖視するという病理を治療するべく設置された児童崇拝予防局の医師である主人公の視点から、町の人々との軋轢の数々、そして彼自身が秘かに抱えて生きている過去や願望などが明らかにされていく。

続く「恩寵」は、全短篇のなかでももっとも短く、カーヴァー的な主題と余韻を持つ、カリー・ジュニア版ミニマリズムとでも言うべき小品である。語り手の目に映る田舎町の、ささやかな日常の一コマを切り取りながら、神の死が彼の人生を狂わせていった様子がおぼろげに明かされ、人生と世界の行く末に対する問いを投げかける一篇となっている。

「神を食べた犬へのインタビュー」において、舞台は再びアフリカに戻る。ディンカ族の女性の死体、すなわち神の肉を食べたために、高度な知性を獲得することになった犬の群れの最後の一匹へのインタビュー記録という形式で、物語は進んでいく。その設定のユニークさもさることながら、周囲の思惑に翻弄される犬の流転を通じて、世界に対する悲しみとともに、「人間性」そのものに問いが向かっていくあたりは、カリー・ジュニアの面目躍如といったところだろう。

近未来に設定を移した「救済のヘルメットと精霊の剣」では、アメリカ合衆国は世界的な戦争のさなかで劣勢に立たされている。ただし、その戦争は国家間のものではなく、「ポストモダン人類学」と「進化心理学」という二つの価値体系の争いになっている。携帯電話上での恋愛ゲームに夢中になる、平凡な高校生アーノルドの日常にも、その現実はじわじわと入り込んでくる。「偽りの偶像」から登場人物が引き継がれていることが、この短篇をさらに味わい深いものにしている。

「僕の兄、殺人犯」は、同じ戦争が継続中のアメリカの町で発生した殺人事件の余波を描いている。あくまで抑制された口調で、事件のおぼろげな全容と、そこに巻き込まれた家族の間に生じた亀裂を語りながら、主人公は自らの生活を取り戻そうと苦闘を続ける。やがて、彼は神とその不在をめぐるかつての思い出を不気味に反復しながら、宿命の対決を迎えることになる。

短篇集を締めくくる「退却」には、「救済のヘルメットと精霊の剣」の主人公アーノルドが再登場する。メキシコから母国への旅路のなかで、彼は戦争の醜悪さとともに、自らの不在の間にまたがらりと変わってしまったアメリカ社会の姿を目の当たりにすることになる。手を替え品を替え人々を操る社会に対する批判的な姿勢が、アーノルドの帰郷の旅を追う原動力となっている。

「神が死んだ」という仮定で描かれる、近未来の架空の世界は、隅々まで既視感に満ちている。絶望する若者たち、フェティシズム的な偶像崇拝、突き詰めてみれば正体不明のものでしかないイデオロギーを振りかざした戦争……。それらは「僕たち」の世界にも厳としてあるものではないだろうか。そして、その辛辣な語りからは、どこかに希望を求めることをやめられない人々の姿が浮かび上がってくる。創作においては常に挑戦を続けることを信条とするカリー・ジュニアは、短篇のそれぞれに異なった語り口や視点を採用している。だが、どれほどひねりが効いた語りであっても――いや、ひねりが効いているだけにいっそう――本書の根底に流れる真摯な姿勢はいつも変わらず感じられる。屈折したまっすぐな気持ち、とでも言うべき作風が、『神は死んだ』の最大の魅力なのかもしれない。

本書発表後も、カリー・ジュニアは精力的に作品を発表している。二〇〇九年には初長篇となる*Everything Matters!*で、世界の終わりが来ることを生まれたときから知ってしまった男の人生を、これまたユニークな語りの視点から描いている。そして二〇一三年に刊行が予告されている第二長篇*Flimsy Little Plastic Miracles*は、まったく意図せぬめぐり合わせによって『ハリー・ポッター』を超えるベストセラー作家となった男の恋愛劇と、彼の父の死をめぐる追想、さらに人工生命が自己意識を持ち始める瞬間へのオブセッションが絡み合う構成を取っている。いずれもこの作家に特有の切迫感と、一風変わった切り口からの語りを特徴としており、彼が独自の世界を着々と築きつつあることを教えてくれる。

『神は死んだ』の翻訳にあたっては、企画から最終の編集作業まで、白水社編集部の藤波健さんに進めていただいた。僕にとっては、最初の翻訳書にあたる『煙の樹』でお世話になって以来の一緒の仕事になる。そのときから変わらず、どっしり構えて訳者をサポートしてくださった藤波さんのおかげで、本書を翻訳する楽しみは増したように思う。

そして何よりも、この世界で僕と生きていくことを選んでくれた、同志とも言うべき妻と、気持ちはいつも中生代の世界に飛んでいる娘に、愛と感謝の気持ちを込めて本書の翻訳を贈りたい。

二〇一三年二月　京都にて

藤井　光

装丁　緒方修一
カバー装画　小笠原あり

訳者略歴
一九八〇年大阪生まれ
北海道大学大学院文学研究科博士課程修了
同志社大学文学部英文学科准教授
主要訳書
D・ジョンソン『煙の樹』、R・ハージ『デニーロ・ゲーム』、S・プラセンシア『紙の民』（以上、白水社）、W・タワー『奪い尽くされ、焼き尽くされ』、D・アラルコン『ロスト・シティ・レディオ』、T・オブレヒト『タイガーズ・ワイフ』（以上、新潮社）、L・ダレル『アヴィニョン五重奏Ⅰ』（河出書房新社）

〈エクス・リブリス〉
神は死んだ

二〇一三年四月二五日 第一刷発行
二〇一三年六月一〇日 第二刷発行

著者 ロン・カリー・ジュニア
訳者 © 藤《ふじ》井《い》光《ひかる》
発行者 及川直志
印刷所 株式会社三陽社
発行所 株式会社白水社

東京都千代田区神田小川町三の二四
電話 営業部〇三（三二九一）七八一一
編集部〇三（三二九一）七八二一
振替 〇〇一九〇 - 五 - 三三二二八
郵便番号 一〇一 - 〇〇五二
http://www.hakusuisha.co.jp
乱丁・落丁本は、送料小社負担にてお取り替えいたします。

誠製本株式会社

ISBN978-4-560-09027-5

Printed in Japan

エクス・リブリス

ジーザス・サン
デニス・ジョンソン　柴田元幸訳

煙の樹
デニス・ジョンソン　藤井 光訳

イエメンで鮭釣りを
ポール・トーディ　小竹由美子訳

ウィルバーフォース氏のヴィンテージ・ワイン
ポール・トーディ　小竹由美子訳

通話
ロベルト・ボラーニョ　松本健二訳

野生の探偵たち（上・下）
ロベルト・ボラーニョ　柳原孝敦／松本健二訳

ミスター・ピップ
ロイド・ジョーンズ　大友りお訳

悲しみを聴く石
アティーク・ラヒーミー　関口涼子訳

青い野を歩く
クレア・キーガン　岩本正恵訳

そんな日の雨傘に
ヴィルヘルム・ゲナツィーノ　鈴木仁子訳

昼の家、夜の家
オルガ・トカルチュク　小椋 彩訳

馬を盗みに
ペール・ペッテルソン　西田英恵訳

兵士はどうやってグラモフォンを修理するか
サーシャ・スタニシチ　浅井晶子訳

ヴァレンタインズ
オラフ・オラフソン　岩本正恵訳

イルストラード
ミゲル・シフーコ　中野学而訳

デニーロ・ゲーム
ラウィ・ハージ　藤井 光訳

ブエノスアイレス食堂
カルロス・バルマセーダ　柳原孝敦訳

地図になかった世界
エドワード・P・ジョーンズ　小澤英実訳

河・岸
蘇童　飯塚 容訳

ティンカーズ
ポール・ハーディング　小竹由美子訳

ブルックリン
コルム・トビーン　栩木伸明訳

無分別
オラシオ・カステジャーノス・モヤ　細野 豊訳

ビルバオ－ニューヨーク－ビルバオ
キルメン・ウリベ　金子奈美訳

ぼくは覚えている
ジョー・ブレイナード　小林久美子訳

空気の名前
アルベルト・ルイ＝サンチェス　斎藤文子訳

神は死んだ
ロン・カリー・ジュニア　藤井 光訳

火山の下【エクス・リブリス・クラシックス】
マルカム・ラウリー　斎藤兆史監訳　渡辺／山崎訳

パリ（上・下）【エクス・リブリス・クラシックス】
エミール・ゾラ　竹中のぞみ訳

ピランデッロ短編集　カオス・シチリア物語【エクス・リブリス・クラシックス】
ルイジ・ピランデッロ　白崎容子／尾河直哉訳